莫吐儿传奇

〔俄〕肖洛姆－阿莱汉姆／著　姚以恩／译
陈伟　杨静／绘

GUANGXI NORMAL UNIVERSITY PRESS
广西师范大学出版社
·桂林·

莫吐儿传奇
Motu'er Chuanqi

出 品 人：柳　漾
编辑总监：周　英
项目主管：孙才真
责任编辑：陈诗艺　孙才真
封面设计：李　坤
美术编辑：李　坤　邓　莉
责任技编：李春林

图书在版编目（CIP）数据

莫吐儿传奇／（俄罗斯）阿莱汉姆著；姚以恩译；陈伟，杨静绘．--桂林：广西师范大学出版社，2016.5（2019.3 重印）
（魔法象．故事森林）
书名原文：Adventures of Mottel
ISBN 978-7-5495-8174-0

Ⅰ．①莫… Ⅱ．①阿…②姚…③陈…④杨… Ⅲ．①儿童文学－长篇小说－俄罗斯－近代 Ⅳ．①I512.84

中国版本图书馆 CIP 数据核字（2016）第 092112 号

广西师范大学出版社出版发行
（广西桂林市五里店路 9 号　邮政编码：541004
网址：http://www.bbtpress.com）
出版人：张艺兵
全国新华书店经销
河北远涛彩色印刷有限公司印刷
（河北省石家庄市栾城区冶河村　邮政编码：050000）
开本：880 mm × 1 240 mm　1/32
印张：7.75　　字数：123 千字
2016 年 5 月第 1 版　　2019 年 3 月第 6 次印刷
定价：26.80 元

纪念世界著名作家肖洛姆－阿莱汉姆逝世 100 周年

我希望你们能从这本书中读到一点点生活的困境，一点点生活的勇气。

——肖洛姆-阿莱汉姆

我与肖洛姆－阿莱汉姆的文字缘

姚以恩

各位领导，各位同志，女士们，先生们：

此时此刻，我站在这个讲台上，心情分外激动，因为再过几天，2009年3月2日，就是世界文化名人著名犹太作家肖洛姆－阿莱汉姆诞辰150周年纪念日。今天，上海市文史研究馆、上海市人民对外友好协会、上海市作家协会在这里联合举办纪念他诞辰150周年座谈会，表明了上海人民对这位作家的缅怀之情、崇敬之意，我作为肖洛姆－阿莱汉姆研究者之一，感到十分高兴。

我从年轻时，也就是在上世纪50年代，开始翻译他的作品，研究他的作品在中国传播的历史，我的心愿是要把这位文学大师更多地介绍给我国读者，使他的作品和精神在我国更广泛地传扬。今天，在改革开放的大好形势下，由上海市文史研究馆牵头，联合上海市对外友协、上海市作协举办这个隆重的纪念会，实现了我多年的宿愿，我要特别感谢这些单位的领导，感谢为这次活动付出辛劳的所有同志。

就我个人而言，我还有一份非常高兴的感受，想说出来与大家共享，那就是50年前，我在上海纪念肖洛姆－阿莱汉姆这位世界文化名人诞辰100周年的集会上做过报告；今天，过了整整半个世纪，我在已年逾八旬的时候，还能精神饱满地站在这里，思路清晰地向大家表达我对这位杰出文学大师的敬意，这也可以说是很不容易了！

肖洛姆－阿莱汉姆是一位大师级的作家，在许多国家是闻名遐迩的。他1859年3月2日出生于乌克兰，1879年开始创作，在其后的三十几年中，他给世人留下了多部作品，包括长、中、短篇小说，剧本，诗歌，评论，而以短篇小说著称，作品被译成六七十种文字在世界广泛流传，其中《卖牛奶的台维》《美纳汉－曼德尔》《莫吐儿》可以算是他的代表作。1916年5月13日作家在纽约逝世，5月15日举行葬礼的时候，有十万人放下自己的工作为他送行，送葬的行列行进了八个小时才抵达墓地。他受到群众的热爱，由此可见一斑。

中国人民对肖洛姆－阿莱汉姆应该说并不陌生。早在1921年，茅盾先生就以“P生”的笔名，在《民国日报》上介绍过他，也是茅盾先生最早翻译了他的短篇小说《贝诺思亥尔思来的人》(按现在的译法应该是《布宜诺斯艾利斯来的人》)。这篇小说是发表在1921年10月号《小说月报》上的，后来又先后被收入1925年出版的《小说月报》丛刊第五十四种《新犹太小说集》和1928年出版的茅盾的短篇译文集《雪人》。

另外，就在最近，我从我的藏书中又找到了一本1929年出版的茅盾介绍外国文学的译著《近代文学面面观》，其中又把肖洛姆－阿莱汉姆作为诗人介绍一番。可以肯定地说，茅盾是我国大力推介肖洛姆－阿莱汉姆的第一人。由于茅盾的重视，后来在我国文坛上颇负盛名的作家、翻译家，如王鲁彦、楼适夷、周作人、傅东华、柳无垢，都加入了推介肖洛姆－阿莱汉姆的行列。在1944年抗日战争的困难时期还专门在桂林用土纸印行第一本肖洛姆－阿莱汉姆的短篇小说集《阿莱汉姆短篇集》[1]。由此可见，肖洛姆－阿莱汉姆在我国的

[1]该书在桂林出版时所用书名为《阿莱凯姆短篇集》。——编者注

影响是很大的。

上面说的仅仅是新中国成立前的一些情况。事实上，介绍肖洛姆－阿莱汉姆的工作得以真正广泛的开展，还是新中国成立后的事情。随着形势的发展，对肖洛姆－阿莱汉姆的作品也开始了有重点有计划的介绍，研究他的工作也在深入进行。从1957年开始，陆续有肖洛姆－阿莱汉姆作品的新的译文出现，到1959年他诞辰100周年时，可以说更形成了介绍肖洛姆－阿莱汉姆的高潮，译作和研究成果不断涌现，京、沪两地都举行了纪念这位世界文化名人诞辰100周年的集会。我的译作《莫吐儿》，曾作为北京纪念会的尾声，由北京人艺著名演员朗诵其中的片段。这本书后来广泛发行后受到读者的欢迎，也受到我国老一辈的文坛大师丰子恺、曹靖华、钱钟书、萧乾以及当代名家高莽、赵丽宏、韦苇的赞许。这些情况都已经反映在画册《肖洛姆－阿莱汉姆在中国》当中。

但是我在这里要非常遗憾地告诉大家，由于编辑这本画册时间过于仓促，也由于我思维能力日渐衰退，画册中漏掉了一位重要人物的事迹，那就是大翻译家戈宝权的事迹。正是因为戈宝权的主张，《中国大百科全书·外国文学》才收入我写的“肖洛姆－阿莱汉姆”条目，他还亲自将苏联出版的二百卷本《世界文学丛书》中第197卷《肖洛姆－阿莱汉姆卷》的目录用打字机打出来寄给我，我对此十分感谢。更令我感动的是，这种友情还传给了下一代，戈老的女儿戈小丽最近从美国来信告诉我，她正在美国帮我寻找肖洛姆－阿莱汉姆的研究者，这是多么生动的例子啊，可我却没把这些事迹编入画册之中。

以肖洛姆－阿莱汉姆在国际上的影响，这位伟大的犹太作家有理由在中国得到更多的关注。五十年来，我的研究只是一个开始，我们将来不仅要研究肖洛姆－阿莱汉姆在中国的传播史，还要将更多国外的研究成果引进来，让我国的研究与国际接轨，让更多的中国读者、学者能从这璀璨的文学宝库中获益。现在，即使在国内，还有一些相关资料等待挖掘研究，比如，前面提到的，我最近还发现了茅盾在《近代文学面面观》中将肖洛姆－阿莱汉姆作为诗人来介绍的资料，那么，还有没有其他的遗漏呢？至于国外研究肖洛姆－阿莱汉姆的资料可以说还根本没有引进。举例来说，我手头有一份以色列出版的《犹太百科全书》中“肖洛姆－阿莱汉姆”条目的复印件，这个条目就有几万字，要弄清这几万字的内容非下大功夫不可，可见要研究的东西还很多很多。因此，我怀着热切的心情呼吁：希望在上海建立一个“肖洛姆－阿莱汉姆研究中心”，让更多有心致力于此的人参加到研究工作中来，使这样一位世界文化名人在中国获得与他在国际上相应的地位。同时，我们也可以利用这个平台开展更广泛的国际交流，因为犹太裔的杰出人士在世界各个领域都有。

（这篇演讲稿选自上海市文史研究馆编《文史馆讯》2009年第3期“纪念世界文化名人肖洛姆－阿莱汉姆诞辰150周年专辑”。）

《莫吐儿传奇》部分版本书封

俄语版（1910年）

英语版（1953年）

英语版（1968年）

英语版（1999年）

英语版（2001年）

意第绪语版（2010年）

中文版（1957年）

中文版（1982年）

中文版（1999年）

中文版（2007年）

中文版（2009年）

中文连环画版（2015年）

（我）五十年前在少年儿童出版社工作时介绍了一本好书，就是肖洛姆－阿莱汉姆的《莫吐儿》，而且请到最理想的译者来译它，就是姚以恩先生。他精心研究作者，把书译得非常好，受到好几代小朋友的欢迎。这本书还将受到以后一代代小朋友的欢迎，肖洛姆－阿莱汉姆老爷爷将永远和中国的小朋友在一起。

——任溶溶（著名儿童文学作家、翻译家）

那是1956年，时任上海少年儿童出版社编辑、后来以翻译《牛虻》而出名的翻译家李俍民与译文科科长任溶溶商量后，请我翻译犹太作家肖洛姆－阿莱汉姆的优秀作品，一本名叫《莫吐儿》的中篇系列小说。……就这样，我白天上班，晚饭后开始翻译，边译，边笑，边流泪。100多页的《莫吐儿》很快译完了。肖洛姆－阿莱汉姆的幽默艺术媲美于马克·吐温、契诃夫和欧·亨利……（他）在其文学高地上所创造的是别样的一种“肖氏幽默”，我当时就对肖氏油然而生崇敬和迷恋之情。

——姚以恩（著名翻译家、本书译者）

曲传原作风趣，既感且佩。

——钱锺书（著名作家）

十九世纪犹太作家肖洛姆－阿莱汉姆的《莫吐儿》一共不到一百页，对我却像是浓缩了的狄更斯或马克·吐温，也那么幽默，真实，感人。而且姚以恩的译文多么上口啊！

——萧乾（著名作家、翻译家）

此书译得好，印得也好。你为肖洛姆－阿莱汉姆尽了自己的努力，肖老在天之灵也会感谢你的。

——高莽（著名翻译家）

肖洛姆的作品曾被翻译成六十多种文字，我不知道他的作品中有多少被翻译成了中文，大概不可能是全部。姚以恩的译本，是很传神的一种。

——赵丽宏（著名作家）

目录

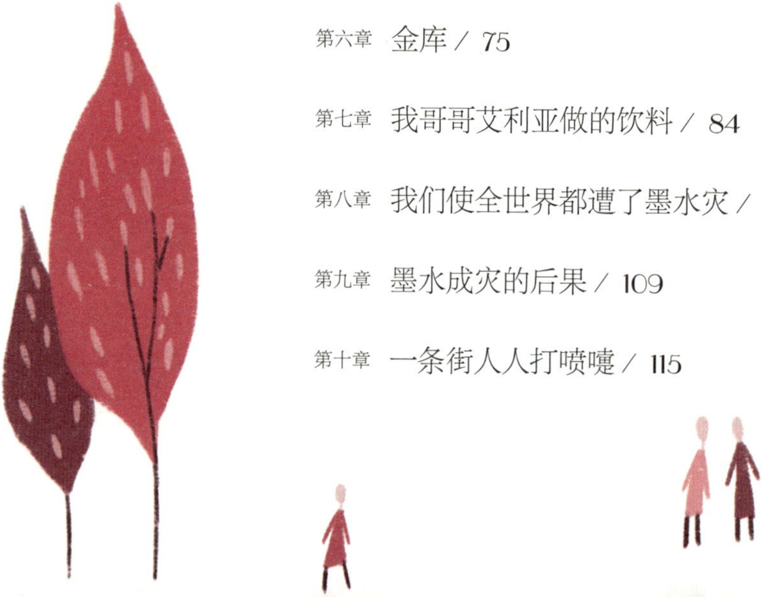

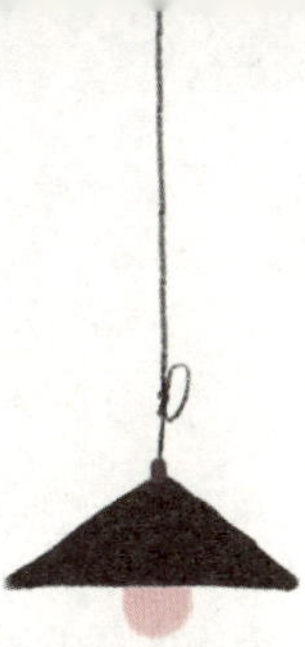

第一章
今天过节，不好哭！

1

逾越节[1]以前就碰到这样好的天气，我敢打赌，世界上谁也没有我，领唱人[2]佩西的儿子莫吐儿，和邻居家的小牛美尼（美尼这名字是我莫吐儿给小牛起的）快活了。

我们俩在这第一个暖和的日子里一块儿发觉了第一线柔和的阳光，我们俩一块儿闻到了从解冻不久的地面下刚钻出来的第一批青草嫩芽的香气，我们俩又一块儿从各自的暗角落里钻出来，来迎接这第一个春光明媚的早晨。

我，莫吐儿，领唱人佩西的儿子，是从一个又冷又湿的

[1] 逾越节是犹太人纪念离开埃及、摆脱奴役的节日，在公历 3 月 ~4 月间。相传犹太历正月十四日夜间，上帝巡行埃及，击杀一切头生的儿子和牲畜，但逾越犹太人的家门而不入。逾越节是犹太人三大节日之一。——译者注

[2] 犹太教会中的主唱歌手。——译者注

地窖里爬出来的，那是个地地道道的地洞，里面充满了药味和面团的酸味。邻居家的小牛美尼呢，它是从一座又小又暗、又泥泞又龌龊的牛棚里给放出来的，牛棚那歪歪斜斜的墙上尽是窟窿，冬天有雪往里钻，夏天有雨往里打。

我们就这样冲到自由的天地里来了，我们俩——我和美尼——对大自然感激不尽，准备各按各的方式尽情欢乐一番。我，领唱人佩西的儿子，高举起双手，张大嘴巴，狠狠地吸了一口春天里新鲜而又芳香的空气。我觉得我飘起来了，飘上了蔚蓝色的太空，那儿浮动着轻烟似的云雾，雪白的小鸟飞翔其间，啾啾唧唧，时隐时现。从我饱满的胸腔里不由自主地迸出了一支歌，这歌比节日里我和父亲在教堂唱经台旁边所唱的要美妙多了，它没有词，没有调，它像瀑布倾泻，又像波涛奔腾，它是一首充满欢乐的《雅歌》[1]："主啊！仁慈的上帝！"

在这第一个春天的日子里，小家伙莫吐儿，领唱人佩西的儿子，这样表达了他的欢乐。邻居家的小牛美尼表达这种欢乐可另有一套办法。

邻居家的小牛美尼第一件事儿是把湿漉漉的黑脸钻到粪

[1]《雅歌》是《圣经》里的一卷，内容是描写男女的爱情。——译者注

堆里去，然后用前蹄搔几下，接着是竖起尾巴，收起四条腿，跳起来，叫一声："哞——"这声"哞——"我觉得真滑稽，忍不住哈哈大笑起来，也学美尼的样，惟妙惟肖地叫了一声"哞——"。看样子，小牛很喜欢我学它，它又叫了一声，又收起四条腿跳了一下。不用说，我当然也跳了一下。这样重复了好几次：我跳，小牛也跳；小牛"哞哞"叫，我也"哞哞"叫。

谁知道这游戏要玩多久，要不是我哥哥艾利亚对准我后脑勺狠狠地给了一巴掌。

"你怎么不死掉呢！快九岁的小伙子了，跟牛玩！快给我滚回去，你这没出息的东西！你等着瞧吧，父亲一定会收拾你！"

2

胡扯！父亲绝不会收拾我。父亲在生病。从结茅节[1]的最后一天起，他就不在教堂里唱诗了。他整夜咳个不停。我们家来了个医生，黑黑胖胖的，有一撮小胡子，一双笑眯眯的小眼睛，是个快活人。他管我叫

[1] 结茅节，又名住棚节，是犹太人纪念古代以色列人离开埃及后在旷野中漂泊四十年并得上帝庇护的节日，在公历9月~10月间。节日期间，犹太人会建造临时棚屋，在里面进餐、款待客人和休息。结茅节是犹太人三大节日之一。——译者注

"胖小子"，用手指弹我的肚子。

他三番五次对我妈说，要她相信，光给我吃土豆不行。他还关照我们应该给病人喝肉汤和牛奶。妈凝神听着这些忠告，可是等医生一走，她就用围裙捂住脸，两个肩膀直哆嗦……过一会儿，她擦擦眼睛，把我哥哥叫到一边，两个人就嘁嘁喳喳讲开了。他们讲什么，我不知道，不过好像在吵嘴。妈叫哥哥到什么地方去，他不肯去。

"我情愿死，也不情愿跟这些人去借债，"他说，"顶好今天就让我进棺材！"

"住嘴，你这忤逆不孝的东西！你在放什么屁！"妈咬牙切齿，细声细气地说，一面说一面还把两只手直往他脸上指。从一旁看，她恨不得把他撕成一片一片的。可是过了一会儿她又软下来了。她说："好孩子，我们该怎么办呢？你父亲多可怜呀！得救救他啊！"

"还是卖掉点儿什么吧！"我哥哥艾利亚看着碗橱说。

妈也看着碗橱。她擦了擦眼睛，低低地说："还有什么可卖的？卖灵魂吗？我看再没有什么可卖了。难道要卖掉这只空碗橱？"

"卖又怎么啦？"我哥哥艾利亚回答说。

“你这强盗！”妈红着眼睛瞪着他直叫，“我的孩子怎么成了这样的强盗啊？！”

妈气得不得了。不过，她哭了一会儿，擦干眼泪，终于还是让步了。卖书、卖父亲法衣上的银流苏、卖两只镀金高脚杯、卖妈妈的绸衫、卖其他东西……让它们一样接一样流到不同买主手里时，情形都是这样。

书是书贩子米赫尔买去的，这人有一把稀稀落落的胡子，他一天到晚摸着它。可怜我哥哥艾利亚，到他家跑了三趟，好容易才把他请到家里来。妈看见他来，非常高兴，把手指放到嘴边，跟他做了个手势，表示说话要轻声些，不要让父亲听见。米赫尔明白了她的意思。他仰起头看着书架，照老习惯摸着胡子，低低地说：“喂，给我瞧瞧你们有点儿什么玩意儿？”

妈抬了抬头，叫我爬上桌子，从书架上把书递下来。用不着她再吩咐，我一纵身就跳上了桌子，但是说时迟那时快，我高兴得摔了个狗吃屎。哥哥把我骂了一顿，照他说，我跳得像个疯子。后来他就自己爬上桌子，把书递给书贩子。

米赫尔一只手翻书，一只手还是摸着胡子。每本书里他都要挑出点儿毛病：不是这本封面破了，就是那本书脊坏了，还有一些，干脆说根本不是书……等他看完所有的书——所有的封面、所有的书脊，他搔搔胡子，装腔作势地说：“如果这是法典，全套的，我也许可以买下来……”

妈脸都气白了，哥哥却相反，脸气得像红布。他冲着书贩子说：“你干吗不早说你只收全套法典？你这是来耍人的，来浪费人家时间的！”

“艾利亚，小点儿声，请你小点儿声！”妈央求哥哥说。

从隔壁父亲的房间里传来了一阵嘶哑的声音：“谁来了？”

“没有人！”这是妈的回答。

她叫哥哥到父亲那儿去，让她一个人跟米赫尔讲价钱，到最后她把所有的书都卖给了米赫尔。可以看得出，她卖得非常便宜，因为当艾利亚进来问妈卖了多少钱时，妈说：“这不关你的事！”

米赫尔急急忙忙把书塞进麻袋，慌慌张张溜走了。

3

叫我最开心的事情是卖碗橱。

虽然，卖父亲法衣上银流苏的时候也挺有味道。首先，听珠宝商约瑟尔讲生意经就是件很有意思的事情。这人脸色

苍白，脸上有块红斑。他走了三次又回来三次，最后当然是如愿以偿。于是他在窗子旁边坐下来，这条腿往那条腿上一搁，从口袋里掏出一把黄鹿骨柄的小刀，屈起中指就利索地拆起流苏来了。我觉得要是我能这样利索地拆流苏，我就可以算是世界上最幸福的人了。可是妈哭得那样伤心，要是你看到了准会吓一跳！连艾利亚这个快做新郎的男子汉，也不知为什么把脸朝着门，莫名其妙地尖叫一声，用上衣的前襟擦起眼睛来。

“干什么呀？”父亲在他房里问。

“没什么！”妈回答说，一面说一面擦哭红了的眼睛。她的下嘴唇和脸的下半部都在哆嗦个不停，说句老实话，只有心比铁硬的人，看到她才能不笑出声。

可是，这一切跟卖碗橱时出的花样比起来，真是差远了。

第一，我们家这碗橱怎样才能拿下来呢？我这一辈子都以为它是连在墙上的。难道能把它拿下来吗？第二，面包、安息日吃的面包卷、盘子、锡汤匙、锡叉（我们家有过两只银汤匙、一把银叉，但已经被妈卖掉了），这些东西妈又该放在什么地方呢？过逾越节吃的硬面薄饼又往哪儿搁呢？

我想这些事情的时候，木匠纳赫曼正站在碗橱旁边，用指甲红通通的粗手指量碗橱的大小。纳赫曼认为，碗橱出不了门。你们瞧，碗橱这么宽，门这么窄——怎么也抬不出去！

“那它怎么进来的呢？”我哥哥艾利亚问。

“你去问它呀！”纳赫曼顶了他一句，“我打哪儿知道它怎么进来的？把它抬进来，它就进来了呗！”

有过那么一刹那，我甚至替碗橱担心——我想，它得留在我们家了。可是我这怀疑一会儿就消失了。纳赫曼带来了两个儿子，也是木匠，他们搬起我们家碗橱来真是神通广大。

纳赫曼走在最前头，他后面是他儿子和碗橱，再后面就是我。老头儿在发号施令：“柯勃尔，往边上点儿！敏德尔，向右！柯勃尔，别着急！敏德尔，抬好！”

我在他们周围蹦来跳去帮他们的忙。妈和艾利亚连忙也不肯帮。他们站在那儿，看着那空出来的地方，看着那布满蛛网的墙壁，看着看着又眼泪汪汪。真是两个怪人——只有哭是专长！忽然，乒乓一声！碗橱上的玻璃在房门口打碎了。木匠跟他的两个儿子你怪我我怪你，吵得一团糟：

“粗坯！”

“笨蛋！”

“见你的鬼！”

“你这该死的东西！”

“在干什么？”从病人的房间里传来了一阵嘶哑的声音。

“没什么！”妈一面回答，一面擦眼泪。

4

最后轮到我的床和艾利亚的睡椅了。这一来可叫我着实快活了一阵。哥哥的睡椅从前叫沙发，本来是给人坐的。自从他订婚以后，他就睡在沙发上了；我呢，睡在他床上，沙发就此换了个名称，叫睡椅。

在我们家光景还好，父亲没灾没病，跟四个合唱人在教堂里唱诗的时候，沙发里有弹簧。后来弹簧到了我手里，我就拿它耍各种各样的把戏。我把手夹伤过，也险些儿把眼珠子挑出来过。有一次我把弹簧卡在脖子上了，差点儿给憋死。结果，艾利亚哥哥狠狠地揍了我一顿，把弹簧扔上阁楼，拿掉梯子了事。

沙发和床是个叫汉娜的女人买去的。没有讲好价钱以前，妈不许她走到东西跟前去细看。

“认货买货。没什么可细看的！”

可是等汉娜给了定洋，跑到沙发和床跟前掀起铺盖一看，她就像发疯似的啐了起来……妈气得要命，要还给她定洋。可是艾利亚哥哥不答应：“说买定了，就是买定了！”

我们俩——我和我哥哥艾利亚——把铺盖在地板上铺好以后，就像两个大老爷一样直挺挺地往下一躺，两个人合盖一条被子（艾利亚的被子已经给卖掉了）。听哥哥说，在地板上睡觉也相当舒服，我很高兴。

等他做完睡前祷告，睡熟以后，我就在地板上到处打滚。谢天谢地，这会儿地方可够了。多宽敞啊！多自在啊！简直是天堂！

5

“现在该怎么办呢？”有一天早晨妈皱紧眉头看着光秃秃的墙壁，朝着我哥哥艾利亚问了一声。

我和艾利亚哥哥也帮着她看着这光秃秃的四堵墙。忽然，哥哥转过身来，愁容满面地对我说：“你到院子里去，我跟妈有事情要商量。”

一转眼我就跳到了院子里，不用说，一会儿工夫我已经到了小牛身旁。

近来美尼长得大多了，也好看多了，黑黑的小脸更加逗人喜爱了，两只圆圆的眼睛看起来很聪明，像人一样。它好像在等人给它什么吃的东西，或者至少给它搔搔细脖子。它非常喜欢人家给它搔脖子。

“又跟小牛在一块儿啦？说什么你也离不开你的好朋友吗？”

忽然听到了我哥哥艾利亚的声音。这一回他总算没有骂人。他拉住我的胳膊对我说，我们得马上到领唱人格尔什－别尔家里去。他说，在领唱人格尔什－别尔家里，我的日子就好过了。首先，人家会给我饭吃。家里现在光景不好，父亲病了，得想法救他。

艾利亚说：“我们得想尽一切办法去救他……”

接着他又解开上衣，指着小背心对我说：“你瞧……老丈人送我的那只表……我也不得不把它卖了。要是给他知道了，不得了！非天翻地覆不可！”

谢谢上帝，老头儿一点也不知道卖表的事情，这让我们免掉了一场灾难。要是真的天翻地覆，那可不得了！邻居家的小牛美尼怎么办呢？这不会说话的畜生！

艾利亚对我越来越亲热，越来越好。最后他说：“我们到了！”

格尔什－别尔是个有名的领唱人。尽管他自己不会唱——可怜他没有嗓子，这是我父亲说的。不过格尔什－别尔对唱诗是内行的。他手下有十五个唱诗人。他凶得很！

他来试我的嗓子了。我用花腔怪调给他唱了一段安息日的祷告。他摸摸我的头对我哥哥说，我是个金嗓子。

我哥哥还特地添了一句：“不光是金嗓子，并且是金嗓子里面的金嗓子！”

这以后他们就开始讲价钱，末了，艾利亚拿了定洋，对我说，从此我就得留在格尔什－别尔家里了。要听他的话，别想家……

说说倒便当——别想家！到了夏天，太阳晒着大地，天空像水晶一样明亮，地上的烂泥早晒干了，那时候我能不想家吗？在院子里，就在我们家旁边，堆着一堆木头。这些木头不是我们家的，是财主约夏准备盖房子用的木料。他没地方放，就堆到我们这儿来了。

我得谢谢这位约夏大财主！我可以用他的木料给自己筑个“碉堡”。“碉堡”里长的是牛蒡和白玉草。牛蒡可以拿来朝小孩身上扔；白玉草，只要你吹口气，拿它朝自己的脑门

上一拍，就会噼啪一声炸开来。我痛快极了！邻居家的小牛美尼也痛快得不得了。我和小牛美尼是这整个院子唯一的主人。我又怎么能不想它啊！

6

我住在格尔什－别尔家已经快三个礼拜了，可是我差不多一句诗也没有唱过。他给我找了个别的工作——看管小多勃采。她是个小驼背，还不到两岁，可是重得要命，比我还重。我抱着她，简直把吃奶的力气都拿出来了。多勃采很喜欢我。她用骨瘦如柴的胳膊紧紧地搂住我，一根根细长的手指勒住我的脖子。她叫我“基科”。为什么叫“基科”——我莫名其妙。多勃采很喜欢我。夜里她不让我睡觉：“基科，基！”这意思是：摇摇她。多勃采很喜欢我。我吃东西的时候，她要从我嘴里挖一块去：“基科，皮！”这意思是：给我！

我真想回家……在这儿也并没有吃好，今天是五旬节[1]的前夕，据说今天晚上要开天门，我真想跑到外边去看一看！可是多勃采不放我。多勃采很喜欢我：“基科，基！”——要摇摇

[1] 五旬节，又名七七节，是犹太人纪念摩西在西奈山领受上帝所赐《十诫》并感谢上帝所赐粮食、庆祝丰收的节日。从逾越节次日数七个星期，到第七个星期的次日就是节日了。这一天也被认为是圣灵降临的日子。五旬节是犹太人三大节日之一。——译者注

她。我哄她，摇她，直到我自己睡熟为止。小牛美尼忽然来到我这儿做客。它用懂事的眼光看着我，对我说："走吧！"我们就向小河边跑去。我毫不犹豫，卷起裤管就往水里一跳！我在水里游，美尼跟在我后头。一会儿工夫我们就游到对岸了。那儿好极了，那儿没有格尔什－别尔，没有多勃采，也没有生病的父亲……一觉醒来——原来是场大梦……

逃！逃！从这儿逃掉！但怎么逃呢？逃到哪儿去呢？当然是逃回家去……可是格尔什－别尔已经比我先起床。他手里抓着一把大音叉，拿它在牙齿上试了试，然后送到耳朵边去听听。他叫我快点儿穿好衣服跟他到教堂里去。今天做祷告的时候得唱点儿"特别的玩意儿"。

在教堂里我看到了哥哥。他怎么会跑到这儿来？平常他总是在父亲唱诗的那个教堂里做祷告呀！现在是怎么回事儿呢？艾利亚哥哥跟格尔什－别尔在商量什么事情，格尔什－别尔一脸的不高兴。他说："记住，吃过午饭得马上来！"

"走吧！再去跟父亲见一面吧！"艾利亚哥哥对我说，说完我们就一起回家了。

哥哥一步一步地走，我是连跑带跳。

"你横冲直撞干什么？"艾利亚一面说，一面抓住了我。

看得出，他有话要跟我说。

“你可知道，父亲病得很厉害……只有天晓得他会出什么事儿……一定得救他，可是没钱救他。谁也不肯帮忙……妈说什么也不同意把他送到医院里去。她说，她宁愿死，也不送他到医院去……轻点，瞧，妈来了……”

7

妈伸出两只手迎着我们走来了。她一把搂住了我，我觉得她的眼泪直往我脸上落。艾利亚跑进屋里去看父亲，我和妈留在院子里。我们四周围了许多人，有邻居胖大婶彼西亚，有她的女儿明德尔、媳妇彼尔儿，还有另外两个女人。她们说：“有客人到你们家来拜节啦？恭喜恭喜！”

可是妈用哭肿了的眼睛看着地面。

“是呀，有客人……孩子回来看看生病的父亲。说来说去总是自己的孩子！”妈回答说，说完对正在摇头晃脑表示同情的彼西亚又添了几句，“这算什么鬼地方啊？没有一个人来过问！在教堂里唱了二十三年的诗……伤尽了元气……说不定还可以救他，可是没有钱……我所有的东西，靠上帝帮忙，都卖光了……一只枕头也不剩……连儿子也送去唱诗了……

这都是为了他……都是为了病人。”

妈在对邻居彼西亚这样唠唠叨叨地诉苦，我在东张西望。

“你找谁呀？”妈问。

“这小家伙还能找谁？当然是找小牛喽！”彼西亚说着向我转过身来，好像对我特别亲热，“唉，我的孩子，小牛已经没了！没办法，只好把它卖给宰牛的了！真是一点办法也没有。我们养一头牲口已经够困难了，哪儿还谈得上养两头……”

真是不堪设想——小牛忽然成了“牲口”了！

这彼西亚真是个怪女人。什么事儿她都要管！她一定要知道，过五旬节我们家有没有奶油吃。

“您问这干什么呀？”妈问她。

“问问罢了！”彼西亚回答说，说着从披巾底下拿出一罐奶酪递给妈妈。

妈却拼命用双手把她的罐子推开去。

“您怎么啦，彼西亚！您干什么呀？难道我们是穷叫花子吗？您不知道我是什么样的人吗？”

“是呀，”彼西亚说，“正因为我知道您……我家母牛最近病好了，谢天谢地，我们现在有点儿奶油和奶渣了。算是我借给您的吧。上帝保佑，您以后还我好了……”

彼西亚还老跟妈谈个没完，可我只想快点儿到堆木料的地方去，快点儿去看小牛，小牛！要不是因为我怕难为情，我早哭了。

“要是父亲问你什么，你要说‘谢天谢地，什么都好’。”妈忽然没头没脑地叮嘱我说。艾利亚哥哥就解释得更加详细了：“别诉苦，什么事情都别告诉他！随便他问什么，只许回答‘谢天谢地，什么都好’。跟你说的话，听见了吗？”

艾利亚哥哥说完就把我领进了父亲的房间。房间里的桌子上摆满了大瓶儿小罐儿。一股药味。窗关着。因为过节，房间里弄了点儿绿东西做装饰，床头上挂了一只用独活草编成的六角星[1]——这一定是艾利亚的作品。地板上还铺了香草。

父亲看到我，用又瘦又长的手指做了个手势，叫我到他跟前去。艾利亚推推我，我上前走了两步，好容易才认出父亲来。他面色如土，满头斑白头发一根根翘着，闪闪发光，像装上去的假头发一样。一双黑眼睛深陷在眼窝里，说不出的不自然。连牙齿也好像是装上去的。脖子细得只能勉强支住脑袋。幸好他还能坐起来……他莫名其妙地颤动着嘴唇，大

[1]六角星是现代犹太人和犹太教的标志。——译者注

声喘着气，好像在游水：“呼！呼……”他摸摸我的脸。他的手瘦得皮包骨头，滚烫的——一副似笑非笑的样子，真像个死人。

这时候妈进来了，她后面是医生，医生是个快活的人，黑皮肤，有一大撮黑胡子。他看到我好像看到老朋友一样，在我肚子上弹了一下，然后高高兴兴地对我父亲说：“有客人到你们家来拜节啦！恭喜恭喜！”

“谢谢！”妈说着向医生点点头，要他快点儿给病人看病，快点儿给父亲开药方。

医生轰隆一声推开了窗户。因为窗总是关着，他把哥哥骂了一顿：“我已经对你讲过一千遍：窗户是喜欢把它开着的！”

艾利亚哥哥朝妈那边抬了抬头——好像说，那是她的错，她不许开窗户，她怕开窗对父亲不好，老天爷保佑，别再让他伤风了。妈又向医生点点头，要他快点儿给病人看病，快点儿给他开药方。可是医生不慌不忙地掏出一只表——一只大金表，艾利亚哥哥的眼睛直盯住它瞧。这被医生看见了，他问道：“您想知道几点钟吗？十点二十六分。您的表呢？”

“我的表停了。”艾利亚哥哥回答说，可是不知为什么，

他的脸从鼻尖一直红到耳根。

妈急得要命。她希望医生快点儿给病人看病，快点给他开药方……可是医生还是不慌不忙。他不厌其详地问那些不相干的事情：我哥哥什么时候举行婚礼？格尔什－别尔对我的嗓子是怎么说的？他说，我应该有一副父亲遗传的好嗓子……妈气死了！最后，医生连人带椅子猛地朝病人转过身来，抓起了病人干瘪的手。

“节日过得怎么样？祷告做得好吗？”

“谢谢上帝！”父亲回答说，说着死板板地笑了笑。

“咳嗽好些了吧？觉睡得多些了吧？”医生凑到他跟前问。

“不，”父亲上气不接下气地说，“正好相反……咳得很厉害……觉睡得很少……根本没睡……不过，得谢谢上帝，今天过节……过这样的节还有……客人……拜访……”

所有的眼睛都盯住“客人”瞧。“客人”呢，垂头丧气地站在那儿，他的心早已飞向远方——落在院子里，落在木料堆旁，落在可以往小孩身上扔的牛蒡上，落在会噼啪一声响的白玉草上，落在聪明得已经可以算作“牲口”的小牛身边，落在山下流水潺潺的小溪里，说不定还飞翔在那辽阔无边、被叫作天空的茫茫苍穹之中。

8

我们家邻居彼西亚“借”给我们的奶酪来得正是时候。我和艾利亚哥哥拿新鲜白面包蘸蘸凉奶酪，吃起来味道实在好。

“可惜太少了。”我哥哥艾利亚说。

这一天他情绪非常好，竟没有催我到格尔什－别尔家里去。

“你今天是我们家的客人！”他说。甚至还准我在木料堆上玩一阵，条件是不准得意忘形，不准撕破我这条独一无二的裤子。

哈——哈——哈！不准撕破这条独一无二的裤子？亏他说得出口，没人来笑话他，真可惜！你来看看这条裤子就知道了。嘿，才精彩哩！最好别提这条裤子了！还是谈谈财主约夏的木料吧！多好的木料啊！约夏当然以为这些木料是他的。去他的！这些木料是我的！我拿这些木料给自己盖了皇宫和葡萄园。我是王子！王子在自己的葡萄园里溜达，拔一根白玉草——在脑门上拍一下，再拔一根——再在脑门上拍一下……大家都羡慕我。连财主约夏的儿子斜眼根涅赫，穿着新做的呢子衣服走过的时候，看到我的皇宫也非常羡慕。

他用手指着我的裤子，斜着眼睛笑我，他说：“你可当心别丢了东西啊……”

“你给我滚远些！”我说，“要不我就把我哥哥喊来了！”

所有的孩子都怕我哥哥，斜眼根涅赫拔起脚就往家里跑。我又在我的葡萄园里做起王子来了……可惜就是没有美尼！小牛已经不再是小牛，它已经是“牲口”了——这是我们家邻居彼西亚说的。天地良心，牲口是什么意思？干吗把小牛卖给宰牛的？真的要把美尼宰掉吗？它生下来就是为了给人宰的吗？小牛生下来到底是为了什么，人生下来又是为了什么呢？

突然间，我听见家里传来一阵阵可怕的喊叫声和哭闹声……听得出有妈的声音……抬头一看——我家四周挤满了人。有男的，有女的……有的进去，有的出来……可我正趴在木料堆上，舒服得很呢！轻点儿轻点儿，约夏来了！他是屠夫教堂的执事，我父亲在这教堂里唱了二十三年的诗。约夏本人也当过屠夫，但他现在做的是牲口、皮革买卖。他发了财，发了大财！

约夏气呼呼的，用两只手指着我妈说：“这是怎末回事？这是怎末回事？佩西病得这末厉害，为什末不告诉我？为什末你们早不吭气？”（“么”这个字的音他咬不准。）

“我为什么要大叫大嚷呢？”妈不服气地说，她满脸都是眼泪，“全城人都看见我受的是什么罪……我要救他……他自己也老是求人救他……”

妈说不下去了。她使劲把胳膊弯向背后，拼命地仰起头。艾利亚一把托住她说：“妈！你干吗要不服气？妈！别忘了，今天过节，不好哭！”

阔老爷约夏大发雷霆：“你对我说什末——全城都知道！全城算个什末？非对我说不可，对我！全部费用我来负担！衣棺殡葬——统统我来！要是没爹的孩子需要什末东西，不用客气来找我好了！”

他这些话并不能使妈得到安慰。妈还是号哭不止，昏昏沉沉地瘫在我哥哥怀里。我哥哥艾利亚自己也泪流满面，老是对她说了又说：“今天过节，妈！今天过节！妈，不好哭。妈！”

忽然我明白过来了。我的心缩成了一团。我非常难过，我也想哭，但不知道为什么……我可怜我妈妈，我不能看着她哭得死去活来，在我哥哥怀里直哆嗦。

这时候，我才离开我的皇宫和葡萄园，走到妈跟前，也眼泪汪汪地照着哥哥的话对她说："妈！今天过节！妈，今天过五旬节！妈！不好哭，妈！"

第二章
我真走运——我是孤儿！

1

有生以来，人们还从来没有像现在这样尊重过我。这是为什么呢？这是因为，你也知道，我父亲在五旬节那天去世了，我成了孤儿了。

节日刚过去，我和我哥哥艾利亚就开始做追悼祷告。追悼文是艾利亚教我的。

艾利亚是个热心肠的好哥哥，但他当教员不行。他老是发脾气，打我！他在我旁边一坐，打开祷告书，就开始给我上课了："主啊！以你的名为圣……"

他要我一下子把全部东西都记住。他一遍又一遍地念，从头念到尾，然后就要我全部背出来。我试了试，根本背不出。

背几行还勉强可以，再下去就结结巴巴了。这时候艾利亚会用胳膊肘赏你一家伙。他说我心不在焉，心思飞到院子里去了（可给他猜中了），或者说我的脑袋在想小牛了（真是我肚子里的蛔虫）……艾利亚一点也不偷懒，他又领着我从头到尾念了一遍。好不容易我才对付掉一半，再下去可怎么也不行了！艾利亚拉着我的耳朵说："要是父亲从坟墓里爬起来，看到你这宝贝儿子……"

"那我就用不着做这追悼祷告了！"我刚说完这句话就挨了一记大耳光。

妈听到这响声，立刻跑来把哥哥结结实实地训了一顿："你怎么啦！你干什么呀？你打谁的耳光？他是孤儿，你忘啦！"

现在我和母亲睡在父亲床上，这床是我们家现在仅有的一件家具。妈差不多把被子都给我盖了。

"我可怜的苦命孩子！"她哭哭啼啼地说，"盖暖一点睡吧，没什么可给你吃的！"

被子我当然都拉过来盖在自己身上了，但是我睡不着。我一遍又一遍地背追悼文。不过我可以不上学，不读书，不做祷告，不去唱诗了。无忧无虑！

我真走运——我是孤儿!

2

你得恭喜我，我已经能背出全部追悼文了！在教堂里我一站上椅子就能一口气把它全部背出来。我的嗓子呱呱叫，这是我父亲的遗产，真是地道的金嗓子。

别的孩子看着我，非常羡慕，娘儿们哭哭啼啼，有钱的人还赏给我戈比[1]。财主约夏的儿子斜眼根涅赫，最妒忌我，在最困难的关口他对我伸舌头。他一定要惹我发笑。可是他得气死，我偏不笑！有一次教堂管事阿龙看到他捣乱，就拉住他的耳朵，把他拖到门外去了。真是活该如此！

[1] 戈比，旧俄币，一百戈比合一卢布。——译者注

做追悼祷告应该在早晨和晚上，所以我已经不回格尔什-别尔家去了，我再也用不着照管多勃采了。这样一来我自由自在。我可以整天在河边玩，捉捉鱼、洗洗澡。捉鱼是我自己学会的。你要学的话，我也可以教你。要照这样办：脱下衬衣，把两只袖子打上结，然后到河里去，在水齐脖子的地方来回走——要走很久很久。等到你觉得衬衣重起来了——这就是说，它已经满了，这时候你要快点儿从水里上来，把衬

衣里的淤泥水草抖出来，好好看看。在水草里常常有许多小蛤蟆——扔掉它们拉倒。但是在淤泥里有时你会找到水蛭。

水蛭就是钱。十条水蛭好卖一个半戈比。这样的钱在街上是捡不到的……鱼你不必去找。从前我们河里有鱼，可是现在没有了。所以我也不指望弄到鱼。能碰上几条水蛭，我就已经心满意足了。不过水蛭也不是每次都有。今年夏天我就连一条水蛭都没有捉到过。

我真不明白，我捉鱼艾利亚怎么会知道的。就为这艾利亚差点儿没把我的耳朵给撕下来。幸亏来了我们的邻居彼西亚，她比亲娘护自己的孩子还起劲。

“难道孤儿好打吗！”

我哥哥艾利亚感到不好意思，才松开了我的耳朵。人人都袒护我。我真走运——我是孤儿！

3

我们家邻居胖大婶彼西亚简直是爱上我了，她死乞白赖地缠住我妈，硬要妈放我到她家去住住。

“您担什么心呀？”她说，“我们家有十二个人吃饭。他去就再加一个呗。”

妈已经快答应了，可是哥哥不同意："谁督促他按时给父亲做追悼祷告呀？"

"我督促他，好吗？"

彼西亚并不是什么有钱的人，她是订书匠摩西的老婆。的确，摩西的本行手艺很高明。但是光有手艺不顶事，人还得走运才行。彼西亚就是这么对我妈说的，妈很同意她的话。她说，倒霉的时候也得有运气，并且还拿我做例子：我现在是个孤儿，可是大家都要收养我，有人甚至要收养我一辈子。妈眼泪汪汪地说："我这些死对头可休想叫我把孩子送给他们养一辈子！"

她跟艾利亚商量："你看怎么样？把他暂时送到彼西亚家去好吗？"

我哥哥艾利亚已经是大人了，要不然是不会跟他商量的。他用手摸着还没长毛的脸，那副样子就好像他有满脸胡子似的，接着用神气活现的大人口气说："行啊！只要他不胡闹就行……"

于是就这样讲定了：我可以到邻居彼西亚家去住住，可就是不准胡闹。他们把什么事情都当作胡闹！把纸条扣在猫尾巴上，让猫转得开心些——是胡闹！用棍子敲神父家的栅栏，叫狗都跑到一块儿来——也是胡闹！拔掉运水夫莱勃卡水桶上的塞子，把水放掉——又是胡闹！

“幸亏你是个孤儿，”莱勃卡对我说，“要不然我早打断你的狗爪子了！你信不信！”

我并不怀疑他。不过我知道现在他不会碰我了，因为我是孤儿。

我真走运——我是孤儿！

4

我们的邻居彼西亚——请她别动气——我说她撒谎了。

她说她家有十二个人吃饭。可是我算了算，我是第十四个。她大概忘记算瞎眼叔叔博鲁赫了。不过，这也不一定，她没算他是吃饭的人也许是因为他太老了，已经没有牙齿，没法嚼东西了。我又何必争呢。他没法嚼东西，这是千真万确的事，没法嚼，可他会像鹅一样吞，残羹剩饭他都不在乎。其实，他们这儿个个都是你抢我夺不像人。我也学他们，结果被教训了一顿。他们在桌底下用脚踢我。肉瘤踢得最厉害，他真是个强盗。他的真名叫格尔什，但是因为他脑门上有个瘤，大家就给他起了这么个绰号。

这儿每个人都有绰号，有木桩、黑猫、鹳、水牛、再来一块、上点儿油等等。

真是妙不可言，这些绰号起得太绝了。比方说，宾尼雅叫木桩，因为他矮胖滚圆，活像个木桩。韦尔维尔叫黑猫，因为他浑身漆黑。哈依姆笨得要死，的确像只水牛。敏狄尔叫鹳是因为他鼻子长，像鹳的尖嘴一样。费特尔说话结结巴巴，大家就叫他彼－特－勒－勒。别列尔是个馋得不要命的家伙，给他一块鹅油面包，他总要说："再来一块。"左拉赫得了个不体面的绰号，叫"上点儿油"，不过这不能怪他。他得了这讨厌的癞痢头毛病，要怪只能怪他母亲，因为他母亲难得给他洗头。说不定连他母亲也不能怪。管他是怪谁呢，为这事跟你们吵嘴我不来，打架更不干。

一句话，这家人家每个人都有绰号。还有什么可说的呢，连猫这个不会说话的无辜畜生也有个绰号，叫"管事太太菲加列亚"。你知道为什么吗？是因为它肥得像教堂管事拉赫曼的老婆菲加列亚一样。他们给猫起人名字，不知给打过多少次，但是毫无效果——他们若无其事！只要他们给谁起了绰号，那就完了！

5

你可知道他们给我起了个什么绰号？你猜不到——莫吐儿-咂嘴唇。你瞧，他们不喜欢我的嘴唇。他们说，我吃东西的时候，老是咂嘴唇。我倒真想看看，谁吃东西能不动嘴唇！说实话，我不是什么自命不凡的老爷，不准人家触犯我的尊严。可是不知道为什么，这外号我非常讨厌！他们看出了这一点就时时刻刻惹我。真是一群世界上少有的无赖！他们起先叫我莫吐儿-咂嘴唇，后来干脆叫我咂嘴唇，再往后更简单：嘴唇。

“嘴唇，你上哪儿去啦？”

“嘴唇，擦擦鼻子！”

我气得直哭。有一次他们的父亲，彼西亚的丈夫订书匠摩西，问我为什么哭。

我说：“我的名字叫莫吐儿，可他们叫我嘴唇，我怎么能不哭呢？”

“谁这样叫你？”

我说：“肉瘤！”

摩西要揍肉瘤，但肉瘤推得一干二净，他说不是他欺负我，是木桩。于是他们的父亲要罚木桩。木桩又往黑猫身上推。推来推去，你赖我，我赖你……你去调查吧。

结果是，他们的父亲把他们一个个按倒在地上，用一本大祷告书的硬封面把每个人都狠狠地打了一顿，一面打还一面说："你们这些缺德鬼！我要让你们瞧瞧，该不该欺负孤儿！"

你瞧，谁也不让我受别人欺负。人人袒护我。

我真走运——我是孤儿！

第三章
我将来要成个什么样的人？

1

喂，你猜猜看，天堂在哪儿？你一辈子也猜不着。各人有各人的说法。比方说，妈相信父亲现在待的地方就是天堂。她说那儿住的都是在人间受苦受难的正派人。他们在人间受了一辈子的苦，理应升天堂。这事儿很清楚，我父亲就是个好例子。他不在天堂里还能在什么别的地方？他活着的时候受的罪还少吗……

妈说着说着就擦起眼泪来，她一想起父亲就总是这样。

要是你去问我的伙伴们，他们会啰啰唆唆对你说什么天堂在一座高耸入云的水晶山上。那儿的孩子自由自在，不做事，不念书，整天泡在牛奶里，吃起蜂蜜来要多少有多少。

你以为人们所知道的关于天堂的事情就这些了吗？不，才不是这么回事儿哪！订书匠认为，澡堂才是天堂。这是我亲耳听见我们家邻居彼西亚的丈夫订书匠摩西说的，没有半点儿虚假！现在你去琢磨琢磨吧！

要是有人来问我，我一定说，天堂就是医士美纳舍家的果园。你一辈子也没有见过这样的果园。第二个这样的，不仅在我们街上、我们城里找不到，我几乎相信，全世界也没有像我们的医士美纳舍家这样的果园了。现在没有，从前没有过，将来也不会有。任何人都会对你这样说！

可是先谈什么呢？先谈美纳舍本人，先谈他的老婆美纳舍哈，还是先谈他们的果园，这个天堂呢？我想，还是应该从医士和他的老婆谈起——他们是主人，得给他们点儿面子。

2

医士美纳舍好学我们医生的派头，不分冬天夏天都要披一件短披肩。他一只眼睛大一只眼睛小，嘴有点儿歪。说得准确些，不是有点儿，而是歪得厉害，歪得非常厉害。美纳舍说，这是风吹的。可是我不明白，风怎么会吹歪人的嘴巴。我自己就在风里站过不知多少次！照这么讲，别说嘴巴，恐怕连脑袋也要吹得掉个方向啦！可是平安无事！我想美纳舍不过是有这么个习惯，好歪嘴巴。比方说，我的朋友别列尔，他有个习惯是一天到晚眨眼睛，而另一个朋友韦尔维尔说话好像拖面条。天下的事情都是习惯成自然。尽管美纳舍嘴歪，但是他的生意比哪个医生都好。因为，第一，他不摆老爷架子，不像我们的医生。只要请他，他马上就到。第二，他不开药方。所有的药都是他自己做的。有一次我浑身发抖，像是打摆子，腰里跟针扎一样疼。一定是我在河里泡得太久了。妈立刻跑去请美纳舍。美纳舍跟着就来了，他给我看过病以后，歪着嘴巴对妈说："用不着大惊小怪。小毛病。小家伙的肺着凉了。"

说完，他从口袋里掏出一只蓝瓶子，在六张小纸片上，倒出点儿不知是什么的白色玩意儿，这东西就叫作药粉。他拿一包药粉叫我马上就吃。我拼命叫喊，拼命挡回去！我未卜先知，药粉一定苦得要命。果然不出所料！说到苦味儿，苦味儿又是各不相同。你咬过刚从小树上剥下来的青树皮吗？美纳舍的药粉就有这味道。总而言之，请你永远记住：只要是药粉，一定苦得很。不管我怎么哀求也不成——这药粉真是吃得我眼又花头又昏……还有五包药粉，美纳舍关照每隔两小时给我吃一包。算他找到主儿了！妈刚走开，我就把五包药粉往污水桶里一倒，在小纸片里包了点儿面粉。

这下子妈有事儿干了——一趟一趟跑到邻居彼西亚家去看钟，看给我吃药的时间到了没有。真是妙不可言，每吃一包药粉，我就觉得好一点，吃完第六包我完全好了。

“这才是医生哪！”妈说。

她不让我到学校去，给我吃甜茶和白面包。

“美纳舍医士真是个顶呱呱的医生。愿上帝保佑他身体健康，长命百岁！他有许多灵丹妙药，能够起死回生。”

后来妈这样满口夸赞地告诉了所有的人，她一面说，一面照老习惯擦着眼睛。

3

医士的老婆叫美纳舍哈，跟丈夫姓。是个母老虎！大家都这么说。你知道为什么？因为她凶得要命，她根本不像个女人。她有一张男人的粗脸，一副男人的嗓子，甚至她穿的毡靴也是男人的，她讲话就像跟人家吵架。她的名声可不怎么好。她决不给穷人一块面包，可她家里东西多得吃不了。你能在她家里找到各个年份的果子酱，去年的、前年的，甚

至十年前的。干吗要这么多果子酱，她自己大概也不知道。她生性如此，你休想改变。只要一到夏天，她就只干一桩事情：煮果子酱。你以为她是用木炭煮的吗？根本不是这么回事！美纳舍哈把松树果、干树叶和小树枝拾拢来当燃料——弄得到处是烟，能把你熏死。如果你几时有机会在夏天到我们这儿来，闻到了焦味，请你别害怕——这不是失火，这是美纳舍哈用自己家的水果在自己家的果园里煮果子酱。

现在我们可讲到果园了，我答应给你们讲果园的。

4

哪一样水果这儿没有呀！有苹果，有梨，有欧洲甜樱桃，有李子，有樱桃，有刺李，有红醋栗，有桃子，有西班牙樱桃，有杏子，有马林果，有桑葚……你要啥有啥！你还想再要什么？犹太人过年的时候甚至可以在美纳舍哈家里找到葡萄！尽管吃了这葡萄能叫你把眼睛挤到脑门上去，但是美纳舍哈照样能拿这酸果儿挣大钱！她能把所有的东西都变成钱。甚至香瓜子也能变钱。老天爷保佑，你可千万别去跟她讨香瓜子！她说什么也不会给的！她宁可让你打掉牙，也不会给你一颗香瓜子！苹果，梨子，樱桃，李子，就更甭提了！对她这果园我了如指掌。我知道什么树长在什么地方，今年的收成怎么样。你一定要问，我是打哪儿知道的？

请你放心，我的脚从来没伸进过这园子。我又怎么能跑得进去？四周是老高的栅栏，上面尽是刺，园子里还有狗，而这狗真是只恶狼。这该死的畜生被一条长链子拴在那儿，但是只要有人走过，或者它神经过敏觉得有人来了，它就会乱冲乱叫，拼命想挣脱链子，好像有鬼来侵犯它似的。

那么你要问了，美纳舍哈家的果园我到底是怎么弄清楚的呢？

现在你听着，我这就给你往下讲。

5

你可知道我们屠夫的儿子明德尔吗？不知道吗？他住在哪儿，你当然更不知道了。他家的屋子跟医土家的屋子紧靠在一起，窗正好朝着美纳舍哈的果园。你要是坐在明德尔家的屋顶上，整个果园就能看得清清楚楚。全部学问就在于你要能够爬上明德尔家的屋顶，这对我来说真是啥也不算。你知道为什么？因为明德尔家的屋子紧靠着我们家屋子，而且比我们家屋子低得多。只要爬上我们家的阁楼（我没有梯子也行，怎么办到的，几时有机会我讲给你听），把腿伸进天窗，那你就上了明德尔家的屋顶了。你在那儿可以随心所欲，可以脸朝上躺着，也可以脸朝下趴着。不过一定得躺下来，要不然，老天爷，给人家看见了，那就热闹了……我干这事儿总是拣黄昏去给父亲做追悼祷告的时候。这时候最合适：天不怎么亮，又不怎么黑。从屋顶上看下去，我敢对你发誓，这果园根本不是果园，而是人间天堂！

夏天一到，树上就开花了，尽是些白花。一两天里，就有青果子结出来，比方说，刺李。有那么些个怪人，他们一定要等刺李黄了，甚至红了才吃。这有多蠢！我告诉你，刺李青的时候要好吃得多，爽口得多。你会说这时候又酸又涩嘴。那又怎么啦？酸能叫你痛快，止涩有特效药——盐。用盐擦擦牙齿，张着嘴巴过半个钟点，什么涩味儿都能消除得一干二净，那就又可以吃青刺李了……

刺李过后，红醋栗跟着熟了。在细细的枝条上挂着一串串黑点黄心的红果儿。你拿一串在嘴里一拖，那你满嘴都是又酸又香的果子——真是太好吃了！妈花半个戈比给我买过一小杯红醋栗，我拿它夹面包吃。

美纳舍哈的果园里，有两排灌木上密密麻麻的尽是红醋栗。这些红醋栗在太阳光下红通通的，闪着耀眼的光彩，真想用两只手指头去拈它一串，或者一颗，摘下来往嘴里送！请你相信我，只要我一提起青刺李、红醋栗，我嘴里马上就有股涩味儿。

还是谈谈欧洲甜樱桃吧。它青的时候不长，熟起来很快。我可以向你发誓，有一次我躺在明德尔家屋顶上，亲眼看见有几颗欧洲甜樱桃绿得跟青草一样。我把它们记得清清楚楚。这是早晨的事。中午，在太阳光下，它们的脸蛋儿竟红起来了，到傍晚整个儿都红得像火一样！

妈也给我买过欧洲甜樱桃。但是是多少呢？五颗，用线串着的。怎么对付它们呢，这五颗甜樱桃？我拿它们稍微玩了一会儿，后来自己也没注意它们跑到哪儿去了……

6

美纳舍哈家园子里的甜樱桃，多得就跟天上的星星一样！你当然也猜得到，我想数清楚一根枝条上到底有多少甜樱桃。可是枉费心机！数来数去，怎么也数不清。甜樱桃在枝条上长得很结实，掉在地上的事是不大有的，除非它熟透了，黑得跟李子一样。现在来谈谈桃子。桃子一黄就会掉下来。我最喜欢吃桃子。我一生总共只吃过一只桃子，至今嘴里还有它的香味儿。这是几年前的事情。那时我还没满五岁。父亲还活着，家里的东西，碗橱呀，沙发呀，书呀，铺盖呀，都还原封未动。有一天，父亲从教堂里回来了，他把手放在大礼服的插袋里，问我和我哥哥艾利亚：“孩子，想吃桃子吗？我给你们带桃子来了！两只桃子！”

说着他把手从口袋里拿出来，递给我和我哥哥艾利亚一人一只黄灿灿、香喷喷的大桃子。艾利亚沉不住气匆匆忙忙念完“荣耀归于地上果实的创造者”这句祷词，就把整个桃子往嘴里一塞。我宁愿先拿我的桃子玩个够，把它欣赏够，香气闻够，然后再吃。而且不是一下子全吃光，只是一小块一小块地吃，夹面包吃。桃子夹面包味道真好。

从那时起我再也没吃过桃子，不过这一只桃子的味道我怎么也忘不了。现在我眼前是一棵桃树。我躺在明德尔家的屋顶上，望着一个个熟透了的桃子掉下来落在地上。有一只黄灿灿的、已经有点儿红了的桃子一下子裂了开来，露出了圆鼓鼓的核儿。有趣的是，美纳舍哈拿这无数的桃子做什么呢？不用说，又是煮成果子酱，放到地窖里去，一直放到它凝成糖粒，生霉为止。

桃子过后李子熟了。不过不是所有的李子都一块儿熟。美纳舍哈的果园里有两种李子。一种是黑李子——圆个儿，很甜，肉很厚实，皮近乎黑色。另外一种要普通些，叫“桶李子”，因为它便宜，认桶卖。它黏糊糊的，水分很多，皮又薄又滑。不过，绝不如你所想象的那么蹩脚。要是能给你就好了！美纳舍哈可不是什么大方人……她宁可把李子煮成果子泥给自己过冬。只是她几时才能吃光这么多果子泥呢？

7

欧洲甜樱桃、桃子、李子一过，苹果就上市了。苹果，你要知道，不是梨。梨，哪怕世界上最好的梨——梨王，要是不熟，绝对不行，跟咬木头一样！可是苹果，尽管还是青的，核儿还是白的，就已经有苹果味儿了。你咬一口，嘴里立刻会酸溜溜的。你知道我要跟你说什么？你答应给我两个熟苹果，我也不换给你半个青的。请注意，熟的要等不知多久；青的有的是，苹果树上的花落了就有。差别只在大小。苹果长的时间越久，个儿就越大，跟人一样。不过千万不能说大个儿的苹果一定好吃。小小的苹果往往比最大的还好吃。比方说，小个儿的乐园苹果，它们虽然有点儿酸，可是味道

真好！再比方说，小花红，也不错。这玩意儿今年是大年！美纳舍哈当着我的面亲自对水果贩子鲁文说过，她卖苹果的时候一定得用大车运。

苹果树上还开着花哩，鲁文就已经来察看园子了。他想把全部收成预先买下来。鲁文是干这一行的老手。他只要用一只眼朝树上瞧一瞧，就能马上告诉你，这棵树能带给他多少钞票，从来不会出错儿。除非刮大风，苹果没熟就掉下来，或者碰上了毛虫和青虫。不过这种事儿是没法预料的。风由上帝做主，青虫也是。我只是不明白上帝干吗要造青虫和毛虫，难道就是为了不让鲁文有块面包吃吃吗？鲁文一再说，他不想从树上得到更多的东西，只想混块面包吃吃。他说，他有老婆孩子，得给他们面包吃。可是美纳舍哈肯定地说，她的树不但可以给他面包吃，而且还能给他夹肉面包吃。

“这样的树能给人带来幸福，”她边指边解释，“这不是树，是黄金！你心里有数，我不是你的冤家。我对你说瞎话，就叫我遭天雷打！”

“阿门！”鲁文回答说，他那善良的、晒得发黑、脱皮的脸上笑眯眯的，“你得给我打包票，不刮风、不生虫，那我给你的价钱可以比你讨的价钱还要好！”

美纳舍哈有些莫名其妙，把他从脚到头打量了一阵，接着用她那男人般的粗嗓子开腔说："你得给我打包票，你走出去的时候，不会在平地上摔跤跌断腿。"

"在这些事上可打不了包票呀，"鲁文用善良的、笑眯眯的眼睛望着美纳舍哈，回答说，"这种倒霉事儿有钱的人往往比穷人先碰到，因为有钱的人有钱医治呀。"

"咳，你真聪明！"美纳舍哈这下可光火了，"你忘啦，一个人要别人跌断腿，那他自己会烂掉舌头的。"

"你怎么啦，"鲁文还是那么笑眯眯地说，"烂掉舌头也并不坏呀！不过，上帝保佑，可别让穷人烂掉舌头……"

8

可惜，美纳舍哈的果园没有归鲁文所有！要是果园归鲁文所有，不像现在那样由女妖精亲自经营，那我就要开心多了。这样的女妖精世界上没有第二个！比方说，树上掉下来一个小苹果。尽管它已经干瘪，生虫，皱得像老太婆的脸一样，美纳舍哈照样要弯下腰，把它拾起来放进围裙送到地窖里去。据说，去年她家烂掉满满一地窖的苹果。从这一点就可以看出，上帝的旨意是要人到她果园里去摘苹果。对，可是怎么动手呢？最好当然是在夜里，大家都睡着了，偷偷地跑到果园里去装它几口袋苹果。可是狗怎么办呢？今年的苹果，好像故意跟人过不去，长得一个比一个漂亮，在求人把它们摘下来！这怎么办呢？最好能知道一种暗号，一种咒语，好让苹果自己跑到你身边来！我左思右想，终于想出来了。不过，不是暗号也不是咒语，完全是另外的玩意儿：竹竿，一根顶上有钉子的长竹竿。只要你用钉子钩到苹果——就行了，苹果就是你的了。最重要的是，拿竹竿要小心，不要让苹果掉到地上去。当然，就是掉下去也没有什么大不了。美纳舍哈还以为是风吹下来的哩。只是要当心，不能用钉子把苹果碰伤，要不她会猜到的……我敢说句夸口的话，我，比方说，就没有弄坏过一只苹果，也没有一只苹果从我手里滑下去过！要知道弄苹果的窍门：不要着慌。你忙什么呀！苹果弄到手，消消停停地吃了它，歇一会儿，再干。我给你打包票，准没有人会知道。

可是谁能想到，这女妖精美纳舍哈竟能知道她每棵树上的苹果有多少！有一天早晨她发觉少了几个。于是她决定要追查小偷。她偷偷地爬上自己家的阁楼躲在那儿。照我想，一定是这样。要不然我没法明白，她怎么会猜到我躺在明德尔家屋顶上耍竹竿儿呢！要是在她当场捉住我的时候没有证人，说不定我还能死乞白赖跟她胡缠一阵。不管怎样，我总是个孤儿，也许她对我会大发慈悲，可是她把我妈，把邻居彼西亚，把屠夫的老婆一起领到我们家阁楼上来了——你想想看，这婆娘有多毒辣——从阁楼上可以看见我怎么耍竹竿。

“瞧！你这宝贝儿子，你现在还有什么可说的？现在你可相信了吧？”这是美纳舍哈说话的腔调。

我一下子就能听出她那迷人的声音，回过身来，一眼就看到了四个女人。竹竿和苹果我并没有扔掉，是它们自己从我手里掉下去的。我不知道我怎么还能站得住。我难为情死了。要是没有狗，我真会跳进果园去摔死。最叫人难受的是妈的眼泪。她唉声叹气，哭哭啼啼，好像不会有完结的时候了！

“我的天啊！我活着干吗呀！我还以为我这没爹的孩子在教堂里给他父亲超度亡魂呢！可是他，我的天，却爬到别人家屋顶上，摘别人家园子里的苹果去了！”

那恶婆娘站在一旁怂恿着妈：

“该揍，这败类！该抽！要抽出血来！该打！小家伙应该知道，不能做小……”

妈没让她说出“小偷”这侮辱人的字眼儿。

“他是孤儿！他是个苦命的孤儿！”她用恳求的语气说了又说，还吻着美纳舍哈的双手，“他下次再也不敢了！”妈赌咒发誓地说这是最后一次！要是再发生这样的事情，不是她自己死，就是把我埋掉！

“叫他自己赌咒，下次不再朝我果园里看一眼！”这是美纳舍哈的要求。她对孤儿也没有半点儿慈悲心。

我赌咒说：“再弄就烂掉我的手！再看就瞎掉眼睛！”

说完我们就回家了。妈怨天怨地，哭哭啼啼。我听着，一声不响，自己也哭了。

“你告诉我，你将来要成个什么样的人？”妈痛哭流涕地问我，接着把事情原原本本都告诉了艾利亚哥哥。

艾利亚立刻气得脸色铁青，这使妈大吃一惊。她怕他打我，不让我听见，悄悄地提醒他别碰我，因为我是孤儿。

“谁碰他啦？”艾利亚提高嗓门说，“我只是要知道，他将来要成个什么样的人？成个什么样的人？！”

艾利亚把牙齿锉得咯咯响，在等我回答他的问题，好像我知道自己将来能成个什么样的人似的！也许你知道我将来能成个什么样的人吧？

第四章 我哥哥艾利亚讨老婆了

1

你得恭喜我们！我哥哥艾利亚讨老婆了！

不得了，真热闹！胖大婶彼西亚说，这是轰动全城、震撼世界的事情。她相信婚礼的排场一定没话讲！她说，我们城里已经很久没见过这样的婚礼排场了！

一切都是出于同情，因为母亲是寡妇，新郎是孤儿。再说，还有爸爸的名声。他在天有灵，他死后叫人非常想念！尽管他活着的时候不大听见有人谈起他，可是现在，他不在了，反被人捧上了天。真是不可思议！这几天大家七嘴八舌，样样事情都跟我妈讲到了。大家叫她相信，艾利亚的丈人义不容辞，要负担婚礼的一切费用，甚至还应该给新郎送点儿见面礼哪！他不该忘记，他招的女婿是领唱人佩西的儿子！

我哥哥艾利亚被这些话弄得窘态毕露。他像大人那样摸着自己的胡子。他真的已经是大人了。仅仅几天以前他嘴上才长出胡子。这大概与抽烟有关系。父亲死了以后，艾利亚甚至抽起烟来了。起先他很难对付，老是呛得咳嗽，现在可不在乎了——他已经能够一口一口地吸，能够从鼻子里出烟了。这也没有什么了不起！你以为我不会吗？倒霉的是，我没有烟草，只好吸各种各样乱七八糟的东西：纸、稻草……可是好像老天爷有意跟我为难，我哥哥艾利亚忽然知道了这件事，我被他狠狠地收拾了一顿。他能，我不能！这是因为，你可知道，我还不满九岁。好像我的过错就在这上头。我只好向他保证，拿着《摩西五经》向他发誓：只此一遭，下不为例。

你看怎么样，我的话能算数吗？你给我说说看，在我们这时代还有谁不会抽烟！

2

要天翻地覆了！这是我们家邻居彼西亚的判断。她去看过艾利亚的老丈人，回来的时候跟疯子一样。原来是出了件糟糕透顶的事情。老头儿知道他送给新郎（也就是我哥哥艾利亚）的那只表没有了。那可是只呱呱叫的银表，是老丈人送给他的见面礼。你要问：表到哪儿去了呢？老天爷保佑，莫不是玩牌输掉了？没有输掉，他把它卖了，钱都花在请医生、买药上面了。彼西亚给老丈人解释说，艾利亚是为了要挽救生病的父亲。这无论如何不好怪他。

可是老头儿是个蛮不讲理的人。他问，别人的父亲跟他的表有什么关系？他没有义务用自己的传家宝养活别人家的父亲。这样一来，那破表成了传家宝，我们家去世的父亲成了“别人家的父亲”……关于这件事，彼西亚说，猪终究是猪。他有什么出息——他是个大老粗。他叫姚纳，是个面包师，专烤小面包圈。“恭喜你能滚到地狱里去烤你的面包圈！”这是彼西亚对他的希望。但是干吗在阴间还要烤面包圈呢？谁来买这些面包圈呢？一定是彼西亚开玩笑吧。

老头儿是个殷实户。彼西亚甚至把他看成了财主。她毫不客气地对他说，她可不想跟他攀亲，因为她受不了猪瘟气。老头儿闷声不响。他知道，只要彼西亚一开口，你就别想痛快了。他甚至情愿不再追究表的事情，只要能摆脱彼西亚的纠缠。可是彼西亚这时候却气势汹汹，一定要姚纳给新郎买一只新表。她说，这样的新郎娶亲可不能没有只表呀！老头儿问她，这跟她有什么相干，她跟新郎有什么关系？

彼西亚回答说：“有很大的关系！因为新郎是领唱人佩西的儿子，而你，面包师姚纳，充其量半是财主半是猪。”

这当然把老头儿惹火了，他砰的一声关上门，叫着说：“你给我滚到地狱里去！”

对方的回答是：“地狱是你的地方，你要在那儿烤面包圈呀！”

妈怕婚事吹了。可是彼西亚对她说，她只管放心，因为新郎是孤儿，跟孤儿解除婚约可没有那么容易。你看是谁称心如意了？是我们！老头儿给新郎（也就是我哥哥艾利亚）买了一只新表，也是银的，甚至比以前那只还要好，并且是他亲自送来的。唉，我要是能有这么只表就好了！我一定要把它里面的玩意儿统统拉出来，看看表怎么会走的。

妈恭喜老丈人能够活到这样的好时光，活到他能送女婿一只金表。老丈人也恭喜我妈能活着看见小儿子（也就是我）娶一门好亲。我同意今天就讨老婆，只要能送我一只表就行。妈摸着我的头说，到我娶亲还得流不知多少水[1]呢，说着

[1]“流不知多少水”在原文中是成语，含义是“过很多时候”，用在这里有双关的意思。——译者注

说着眼睛就变得水汪汪的了。我不懂为什么到我娶亲要流很多水，为什么妈要流眼泪？哭对妈来说太平常了，她是没有一天不哭的。哭对她就像你们祷告、吃饭一样平常。裁缝给新郎送衣服来——妈哭哭啼啼。彼西亚烤好了婚礼上用的馅儿饼——妈又哭了一场。明天举行婚礼——一定又是眼泪汪汪。一个人哪儿来这么多眼泪啊！

3

有时竟也会有这样的好天气！九月初，空气里已经可以闻到秋天的气息，已经不那么热得难受。太阳晒在人身上暖洋洋的——它像亲娘一样抚摸着你！天空挺干净，好像它也梳妆打扮过了，因为今天是个好日子：今天我哥哥讨老婆。一清早，小镇上的市集就开始做生意了。当然，这样的事没有我是不行的。我喜欢市集喜欢得要命。做生意的到处奔忙，像得了瘟疫的老鼠。他们满头大汗，你喊我叫拼命拉买主们的衣襟。真有意思！人人想推销自己的商品，人人想赚钱。

买主们可不慌不忙。他们把帽子往后脑勺上一推，东张西望望，看得个认真，瞧得个仔细，问问这样价钱又问问那样价钱，讨价还价，要样样东西都半价卖给他们才称心。

乡下的娘儿们头上裹着稀奇古怪的包头布，敞胸露怀地走来走去。有个婆娘在没人注意的时候，想捞块布料塞到怀里去。做生意的其实早已觉察到了，因此特别注意，一看到她把东西塞到怀里，就立刻上去把东西抖出来。这下子可就有戏瞧了！一个乡下婆娘买了支教堂里用的蜡烛插在自己的包头布上。小伙子们闲得无聊，想寻寻开心，偷偷地点着了她那支蜡烛。大家瞧着这婆娘全都笑得前俯后仰。婆娘不知道大家为什么笑，只是一个劲儿地骂不绝口。这一来大家笑得更厉害了。开这种玩笑往往是全武行[1]收场……我说看什么戏也没有这强！

不过，我最喜欢的还是马市。这儿是乱七八糟一大堆！有马、有茨冈人[2]、有马鞭子、有犹太人、有农民、有地主。又吵又闹，能把你耳朵震聋！茨冈人在讨价还价，犹太人在拍掌成交，地主在甩鞭子，马在奔跑。我最喜欢看马奔跑。看小马更来劲！为了小马我可以牺牲一切。话还得说回来，我不光喜欢小马，所有的小动物，小狗，小猫，我都喜欢。你可知道，连小黄瓜、小土豆、小葱、小蒜——一切小玩意儿我都喜欢。除了小猪，猪我连小

[1] 全武行，指戏曲中规模较大的武打。——编者注

[2] 茨冈人，俄罗斯人对吉普赛人的称呼。——编者注

的也不喜欢……

闲话少说，还是谈马要紧。马在前面跑，小马跟在它们后面，我又跟在小马后面。我们就这样跑开了。跑是我的拿手好戏。我的腿很灵活，又光着脚，衣裳又穿得不很多：一件衬衣一条裤子。我往山下跑的时候，风把我的衬衣吹得鼓起来，我觉得好像长了翅膀在飞。

“莫吐儿！我的天呀！你停一会儿好吗？”

我听出这是我们邻居彼西亚的丈夫——订书匠摩西的声音。他正拿着一捆包装纸从市集上回去。我真怕他到妈那儿去告状！真怕艾利亚收拾我！我低着头循规蹈矩地走到他跟前。摩西揩了揩脑门上的汗，就教训起我来了：“一个没爹的孩子在市集上闲逛荡，跟着马没命地跑，怎么不难为情啊？！又在今天这么个日子！你哥哥马上就要举行婚礼了，你知道吗？快跟我回家去！”

4

“你到哪儿去啦？我的天！”

妈一瞧见我就问，她看着我那“挂灯结彩”的裤子、给碰得鲜血淋漓的一双脚和汗流如注、红通通的脸，气得直拍手。上帝保佑订书匠摩西长命百岁！他没有说我的坏话，对谁也没有走漏风声！妈给我洗了澡，给我穿上了新裤子，戴上了为哥哥结婚才特地买的帽子。我不懂这裤子是用什么料子做的，穿着它，会窸窸窣窣地响，脱下它，它能笔直地竖在那儿。真是怪裤子！

妈说："要是你把这条裤子也撕破了，那我就不知道……"

对极了！这样的裤子是撕不破的，除非把它毁掉。不过我的帽子好得很，有个亮晶晶的黑帽檐。如果帽檐没光彩了，只要在上面吐口唾沫，它就又亮了。

妈瞧着我，高兴得不得了，满是皱纹的脸上眼泪直滚。她一心希望在婚礼上大家都喜欢我。她对新郎说："艾利亚，你看怎么样，不会叫我为他脸红了吧？上帝保佑，他穿得像个王子一样！"

我哥哥艾利亚摸着自己的胡子，从头到脚把我打量了一番。他的目光停留在我的一双脚上。我明白这是什么意思！"王子"光着脚哪。妈也明白艾利亚盯住我脚瞧的用意，可是她装得好像什么都不懂似的。妈自己穿了一件黄颜色的怪衣服。尺寸大得要命。我敢发誓，这衣服我们邻居胖大婶彼西亚不知什么时候穿过……不过妈的头巾可是绸的，崭新的。只是它的颜色很难分辨。可以说是白的，也可以说是黄的，或者玫瑰红的。这要由时间来决定：白天看上去是浅玫瑰红的，傍晚是浅黄的，晚上是白的，一清早又好像是淡绿色的。可是仔细看看，它又像是那么一种颜色，所谓“各色俱全”，或者说得准确些，是一种红里泛青、青里泛绿、绿里泛灰的颜色。可不能说头巾不好，头巾好极了！倒霉的是，它裹在我妈头上看起来是别人的，不折不扣是别人的。它跟妈的脸就是不相称。头巾是头巾，脸是脸。女人的头巾好比是男人的帽子。帽子跟脸要配得合适。比方说我哥哥艾利亚，那顶帽子戴在他头上，就好像长在他头上一样。艾利亚可以说打扮得很漂亮，雪白的衬衣，小硬领翻着，结一条白底花点的领带，一条豪华的领带！靴子咯吱咯吱地响。靴跟很高，因为我们的新郎个儿不大。说良心话，他的个儿单看可不能算小，只是因为新娘太魁梧了。上帝给了这烤面包能手姚纳的千金一副勇士的身材，还奉送一张红通通的麻脸和一副男人的嗓子，她的芳名叫布罗哈。

这一对儿站在一起行婚礼真够味儿！不过我没有时间老钉在那儿看新郎新娘。我还有更要紧的事情：我离不开乐师们，说得准确些，是离不开乐器，离不开低音提琴和鼓。多

妙的乐器啊！可是有件事儿不妙——不能走近点儿用手去摸摸。要是摸了，乐师们立刻会打你的手或者揪你的耳朵。只要你用指头碰一碰，他们就会暴跳如雷，好像你要把他们的鼓咬掉一块似的。唉，要是我妈妈是个好妈妈，肯把我送去当乐师，该多好啊！用不着去谈这事儿，她不会肯的。不是因为她不好，而是因为舆论不让领唱人佩西的儿子当乐师！不让当乐师，不让做手艺人！我的前途问题已经讨论过不止一次。妈跟哥哥、跟邻居彼西亚、跟彼西亚的丈夫摩西都商量过。订书匠本来可以收我做学徒，可是他的老婆不答应。她说，领唱人佩西的儿子做普普通通的手艺人有失身份……

我啰啰唆唆讲了这么些，把婚礼的事儿倒给忘记了。婚礼早结束了，正在摆酒席。年轻的娘儿们和姑娘们在跳卡德利尔舞[1]，我穿着我的“木头”裤子往人最多的地方挤。大家把我连推带撞，我只好东冲西闯。

[1]卡德利尔舞，也叫四对舞，每四对男女舞伴围成一个方形跳舞。流行于18世纪末至19世纪的欧洲及其殖民地。——编者注

“哪儿来这么个人呀？”有个客人不高兴地说。

“这是哪儿来的冒失鬼呀？”第二个插了进来。

“他干吗在脚底下捣乱呀？”第三个冒了这么一句。

我们的彼西亚听到这些话，叫起来了：“你们发神经啦？

你们疯啦？你们有毛病啦？你们发痴啦？这是新郎的兄弟！”

彼西亚从早晨起就冲着大家一个劲儿地嚷，嚷得她嗓子全哑了。不过成绩非常惊人，一会儿工夫，居然把我请到桌子上跟新娘家的亲属坐在一起了。你知道，我旁边是谁？任凭你有多大神通，你也没法猜到！我旁边是新娘的小妹妹阿尔达，面包师姚纳的小女儿。她比我只大一岁，梳两条小辫子。两条辫子用带子结在一起，活像绞起来的面包圈。我和她坐的位子离新郎新娘不远，我们从一只盆子里夹菜吃。我哥哥艾利亚老是盯住我瞧，为的是好让我循规蹈矩，用叉子吃，不用手抓，好让我鼻子不出毛病。

你知道我要跟你说什么？这顿酒席真叫我一点也不开心。我不喜欢人家看我。再加上倒霉的彼西亚，她用尽气力哑着嗓子说：“你们瞧！你们瞧！怎么不是一对儿呢？老天爷早把他们配好了。”

这时候，打扮得漂漂亮亮的面包师姚纳出来了，于是，你一言他一语，都说我和阿尔达是小两口子。姚纳拼命赔着笑脸，也就是说把嘴角那么咧着点儿，结果看起来是上嘴唇在笑，下嘴唇在哭。大家都望着我们，我和阿尔达坐在那儿，低着头，真想笑出声来。我不知道怎样才能不让我喷饭。我捂住鼻子，鼓起嘴巴，鼓得像气球一样。再过一会儿，这气球就要炸了，那才出丑哩！幸亏这时候奏起乐来了。大家都静了下来。我抬起头，一眼就看到了身穿别人家黄衣服的妈妈。她在干她的老行当：她在哭。你看怎么样，她能有不再哭哭啼啼的时候吗？

第五章
我有了赚钱的差事

1

妈告诉我一个好消息：我有活儿干了。不是手艺活儿——她说，她那些死对头可休想叫领唱人佩西的儿子去做手艺人。她说，我的活儿很轻，报酬很好。白天我照常到学校里去读书，只要晚上住在老头儿卢里亚家里就行了。妈说，卢里亚是个很有钱的人，就是有点儿毛病。不过，一般地说，也没有什么大毛病，能吃，能喝，跟大家一样，只是一到夜里花样就来了：他没法合上眼睛。因此，家里人不敢让他一个人过夜。要找个人陪着他，哪怕小孩儿，只要是人就行。让上年纪的人陪他不方便。小孩儿没关系——只当是一只小猫咪。

“人家答应一礼拜给五块钱，还有一顿晚饭吃。你从学校里一回来就有晚饭吃，”妈说，“多丰盛的晚饭啊！要是我们能弄到他们家吃剩的东西，我们一家人就都能吃饱了。好孩子，快去上学吧，晚上我领你到卢里亚家去。你想想看，什么事也不用干，有丰盛的晚饭吃，有舒服的床铺睡，一礼拜还可以拿五块钱！我一定给你做件新衣服，还给你买双靴子……”

这似乎不坏呀，对吗？干吗又要哭呢？不过我妈非哭不可。她一定要哭嘛。

2

现在我到学校去是白去。我根本还没念书，没有适合我的班次。因此，我只好帮师母做点儿家务事，跟猫玩玩。我的活儿不重：扫扫地，搬搬柴，跑跑腿——都是些鸡毛蒜皮的小事，不是正经活儿，念书要难多了。最开心的事儿是跟猫耍把戏。大家说，猫是脏东西。照我看，这是胡说八道。猫是干净畜生，很讨人欢喜。狗就好拍马屁，总是一天到晚摇尾巴。猫呢，喜欢人去摸摸它。你顺着它的毛摸摸，它就闭上眼睛，念起猫经来了。我喜欢猫，这又有什么不好呢？可是你如果问问我的伙伴们，他们准会给你乱讲一通，什么抓过猫以后一定要洗手啦，什么谁跟猫玩，谁的记性就坏啦。连这些人自己也不知道，还会想出些什么花样来。还有人，一看见猫，就一脚把它踢得远远的。我可不许人家打猫！他们都笑我。他们对畜生也没有一点慈悲心。

我说的是我的同学们。他们都是些强盗！他们笑我，叫我“木头裤子”，叫我妈“号丧鬼”，因为她一天到晚哭。

“喂，你家号丧鬼来了！”

妈真的来了，她是来带我去上工的。

3

一路上妈怨天尤人，说她又是苦命又是薄命（光说薄命，她觉得还太轻）。她说，上帝给了她两个儿子，如今还是落得个孤苦伶仃一个人过日子。她说，谢天谢地，我哥哥艾利亚的亲事办得非常称心。可以说，他简直到了金库里。只有一样不如意：老丈人是个大老粗。烤面包的，有什么出息？

说着说着我们已经到了我的工作地点——老头儿卢里亚家里。照妈说，老头儿卢里亚是住在皇宫里。到皇宫里去逛逛我当然不反对。不过我和妈暂时还只准留在厨房里。厨房里也不坏。雪白的炉灶亮晶晶的，吃饭家伙亮晶晶的，一切的一切都是亮晶晶的。接待我们的人叫我们坐一会儿。后来，来了个女人，穿着非常讲究。她跟妈说话的时候，老是朝我这边点头。妈也点头晃脑的，时时刻刻擦自己的嘴唇，不肯坐下来。我可照坐不误。过了一会儿，妈要走了，她叫我要规规矩矩的。接着，当然又是哭哭啼啼，说明天一清早她来带我，送我去上学。有人给我拿来了吃的东西：清汤和白面包（平时也吃白面包！），还有肉——很多肉！我吃好以后，有人叫我上去。我不懂“上去”是什么意思，只好由女厨子领我去。女厨子叫哈娜，她有乌黑的头发，高高的鼻子。她领着我顺着楼梯往上走。楼梯上铺得软绵绵的，光脚在上面走非常舒服。天还没大黑哩，屋子里已经点灯了。点了许许多多的灯！墙上尽是些古怪的图画。椅子是皮的。天花板画得跟教堂里的一样。哈娜把我带进一间大房间。房间非常大，要是没有旁人，我准会从这一头跑到那一头，或者在地板上，在铺在地板上的丝绒毯上滚来滚去。在这样的毯子上打滚一定挺过瘾。要是睡在这上面，我想也不会差劲。

4

卢里亚老头儿挺漂亮，高个儿，宽脑门，白头发。身上穿一件绸长衫，头戴一顶丝绒小圆帽，脚上穿一双拖鞋，也是丝绒的，上面用粗毛线绣着花。老头儿坐在那儿，在埋头看一本大厚书，闷声不响地咬着胡梢子，老是摇头晃脑，叽里咕噜。这老头儿真是个怪人！我看着他，心里想：他有没有看见我呢？好像没有。他一眼也没有朝我这边看过。我来，也没有人去通报过。哈娜把我领进房间以后，就立刻把门锁上了。

忽然，老头儿用哑嗓子说起话来了："您过来，我给您看几句兰彭[1]说的话。"

他对谁说话呀？对我吗？难道他对我说话要用"您"吗？我四面看看。除了我，房间里什么人也没有。老头儿卢里亚用哑嗓子又说了一遍：

"您过来，来看看兰彭怎么说的。"

我鼓足勇气走到他跟前："您是叫我吗？"

"是叫您！不叫您，还叫谁呀？"

老头儿说着，头也不抬就一把抓住我的手，用我的手指指着他的厚书，一个劲儿给我讲兰彭的大道理。他的嗓子越

[1] 兰彭（1135~1204），即迈蒙尼德，犹太哲学家。——译者注

讲越响，真是慷慨激昂，热血奔腾。他一刻不停地摆动着大拇指，还老用胳膊肘推我，翻来覆去地说：“您的意见怎么样？很好，是吗？”

我可说不出什么好来，所以我没法开口。我不开口，他就生气。他越是生气，我越不开口。忽然，门外边的锁洞里，钥匙咔嚓一声响。那位衣着讲究的夫人进房来了。她走到老头儿跟前，冲着他的耳朵直嚷嚷。老头儿一定是个聋子，不然干吗要大叫大嚷呢？她要他放开我，因为我应该睡觉了。她把我从老头儿手里拉了出来，叫我在软绵绵的沙发上睡觉。我的床铺跟雪一样洁白。被子是绸的，又柔软又轻松！真是太舒服了！那位衣着讲究的夫人把我安顿好以后就走开了，又把门锁了起来。这时候老头儿卢里亚开始在房间里踱来踱去。他把手背在背后，眼睛老盯着他那双红拖鞋，嘴里哼哼唧唧，叽叽咕咕，还怪模怪样地皱眉头。我的眼皮实在撑不住了，想睡得要命。

忽然，老头儿走到我跟前对我说：“你听着，我要吃掉你！”

我看着他，莫名其妙。

“起来，我要吃掉你！”

“谁？我？”

“你！你！我应当吃掉你！非吃掉你不可！”

老头儿说完又在房间里踱起方步来了。他低着头，背着手。他皱着眉头，自言自语。他走得越远，说话的声音越轻。我屏住气，凝神听着他说的每一句话。他是这样说的：

“兰彭断言，世界是不可能凭空形成的。这有什么根据呢？根据是，每一个现象都有它的主使者。我拿什么来证明这一点呢？拿我的欲望来证明。怎么证明呢？比方说，我要吃掉他，就一定可以吃掉他。可怜吗？这两者之间根本没有关系……我正在实现我的欲望。欲望还不是最终目的。我一定得吃掉他。我要吃掉他。我应当吃掉他！”

5

这老头儿告诉我的是开心消息：他要把我吃掉！可是妈怎么说呢？我吓得浑身发抖……在我睡的那张沙发和墙壁之间有一点距离。我偷偷地往沙发边上移，一滑就滑到了地板上。可我还是上牙对不上下牙。我一直在等老头儿动手来吃我。他怎么个吃法呢？我轻轻地叫妈妈，只觉得眼泪在我脸上直往嘴里淌。眼泪是咸的。我从来没有像现在这样想要到

妈那儿去。我也要到哥哥那儿去，但是没有要到妈那儿去那么厉害。我想起了我父亲，我每天都要给他做祷告。可是老头儿卢里亚把我吃掉了以后，有谁来给我做祷告呢？

我大概睡得太熟了。一觉醒来，我弄不清楚我在什么地方。我摸摸墙，摸摸沙发。我伸出头四面看看——我是在一间又大又亮的房间里。地板上尽是大幅的丝绒毯。墙上画着画。天花板跟教堂里的一样。老头儿还坐在那儿看那本名叫《兰彭》的大厚书。我很喜欢"兰彭"这名字！它挺像"乒——乓"。

忽然我想起，就在昨天晚上老头儿不是还要吃我的吗？我真怕他看见我又要吃我。我偷偷地又躲到沙发后面去了。轰隆一声，门打开了。进来的还是昨天那位夫人。厨娘哈娜跟在她后面捧着一大盘东西。盘子上放着咖啡壶、热牛奶，还有刚烘好的奶油甜面包。

"小孩哪儿去啦？"哈娜问。她满屋子瞧着找着，最后才发现我躲在沙发后面。"我看你真是个小淘气！你在那儿干吗？快跟我到厨房里去。你妈在那儿等你哩。"

我立刻从我那避难所冲了出来，打铺得软绵绵的楼梯上往下直冲，自得其乐地唱着："兰——彭！乒——乓！乒——

乓！兰——彭！”一直唱到厨房里。

“别忙走！”哈娜对我妈说，“让他来吃点儿咖啡和甜面包。您自己也来吃一点。他们不在乎，他们有的是。”

妈说了声谢谢就坐了下来，哈娜给我们拿来了异香扑鼻的热咖啡和刚烘好的奶油甜面包。

你可吃过鸡蛋糖煎饼没有？有钱人吃的奶油甜面包就跟它一个味道。说不定奶油甜面包还要好吃些！咖啡味道怎么样——我没法形容，我没有这种词儿！妈小口小口地喝着，她喝得津津有味。她把自己的面包给了我一大半。哈娜看见了，就像要宰她一样，叫了起来：“您干什么？您自己吃好了！有的是！还有哩！”

说完她又给了我一只甜面包。这样一来，我现在有两只半面包了。我坐着，吃着，喝着，听着妈跟厨娘谈话。谈的还是那老一套。妈怨命不好：寡妇，还有两个儿子。一个儿子虽然是住在“金库”里，但另外一个，日子可不怎么好过……我真想知道我哥哥艾利亚在“金库”里的情况！哈娜一面听，一面点头，接着，她自己也诉起苦来了，她说她寄人篱下是不得已的事情。她父亲是个有产业的人，但是遭火烧了，后来他就得病死了。唉，要是他从坟墓里爬起来，看见他女儿站在别人家灶头上，那该是个什么味儿啊……照理，她是不该怨天尤人了。有这么个好地方，真该谢谢上帝。唯一不称心的是，老东家有点儿那个……

什么“那个”，我不懂。哈娜指指脑门子。妈听着，点点头。接着轮到妈说话了，哈娜也听着，点点头……

最后我们走了，哈娜又给了我一只甜面包。到了学校里，我把它拿给同学们看。他们围住我，睁大眼睛看着我吃。在他们看来这是件不平常的事。我给他们每人一小块。他们吃了还要舔手指头。

“这么好吃的东西，你是打哪儿弄来的？”

我塞得满嘴都是面包，我把两只手往我“木头”裤子的口袋里一插，边嚼边吞，两只光脚还活蹦乱跳。我没有回答大家的问题，但好像在对大家说：“咳！你们这些穷鬼！奶油甜面包——有什么了不起！哈——哈——哈——哈！要是你们吃了面包，再喝咖啡，那你们才会明白，什么是人间天堂哩！”

第六章
金库

1

唯一能安慰我妈的是，我哥哥艾利亚的日子过得挺不错。“他真是跌进了金库！”妈一面说，一面高兴得直擦眼睛。她说，她已经使他有了终身的依靠。新娘虽然不怎么高明（我也有同样的意见），可是上帝给了艾利亚一个有钱的老丈人。他是个面包师，姚纳面包师。当然，他自己什么也不做，都是别人干。他只不过把面粉买进来，把做好了的面包卖出去。到快过逾越节的时候，他还做硬面薄饼的买卖。姚纳精通本行，可是人非常讨厌。不客气地说一句，简直是个强盗！

有一次我去看哥哥，捞了一只酥蛋面包吃吃——面包热

烘烘的，刚出炉。可是活见鬼，正巧碰上了姚纳！要是你看到他那副凶相，那双强盗眼睛，准会大吃一惊！从此一刀两断，不再登门求教。说什么我也不到他那儿去了！你说说看，这是什么态度——他一把抓住我的衣领，把我往街上拖，另外还赏了我几拳！

我当然在妈面前告了一状。她听了以后就立刻跑到姚纳家里，要跟他去算账。她本来要跟他大闹一场，但是哥哥不答应。哥哥说，是老头儿对。他说，是我丢了他的脸：不管我什么时候到他那儿去，我总要捞面包吃。他宁可给我一个戈比，让我到别的地方去买个面包吃吃。妈说他对我没有一点同情心，我是个孤儿，他也无动于衷。哥哥回答说，是个孤儿不错，可是到哪儿也说不出孤儿可以从别人家的炉子里捞面包吃的道理。妈求他说话说得轻声些。可是他说，他偏要叫得更响些，好让大家都知道我是个小偷。“小偷”这字眼可叫妈受不了了。她立刻变了脸色，她叫我哥哥艾利亚别忘了世界上还有上帝。“跟上帝开玩笑是开不得的！他是孤儿的保护人，他一定会替孤儿打抱不平。上帝万能。只要他老人家高兴，就准能叫姚纳面包师穷得连买只面包的钱也不剩！”

妈对哥哥说完这些话，就拽住我的胳膊，把门砰地一关，走了。

2

你知道我要跟你说什么？跟上帝开玩笑的确没有好结果。姚纳的下场非常糟糕！我已经说过，他自己是不干活的。烤面包的是两个黑头发的男人和三个女人。他们浑身破破烂烂，龌龌龊龊，那几个女的，不管怎么热，还总要用挺厚的红头巾裹着头。

有一天姚纳家出事了。不是一桩，而是几桩一块儿来。买主们老早就已经抱怨，说在他家的面包里常常会吃出线、带子、蟑螂，甚至碎玻璃来。这一天，一个俄罗斯人拿来的竟是一大团黑头发。姚纳面包师本来就害怕俄罗斯人。何况那一位又气势汹汹要把他往警察局送。结果是工人们被整了一顿，一定要弄清楚这是谁的头发。男的先往女的身上推，女的又往男的身上赖。女的说，这事儿跟她们无关：她们都是红头发。可是男的说："你哪儿看见过男人有这样长的头发？"吵来吵去，毫无头绪，要不是女的自己吵起来，恐怕一辈子也不会有结果。这一吵，吵出了好些有趣的事儿：有个女的把吊带和到面里去了；另外一个把有毛病的指头上裹着的纱布也和进面里去了；第三个睡觉的时候把和好的面团放在头底下当枕头。可是她却赌咒发誓地说，这完全是无中生有，胡说八道！即使有这种事儿，最多只有一回，也许两回，因为她没有枕头……

闹得满城风雨！

老头儿到处奔走，也没有用。他的面包谁也不要。只好扔给狗吃！

活该！报应！

3

可是姚纳又不是傻瓜！他把现在的男工人、女工人都轰走了，又招来了一批新的。礼拜六他还在所有的教堂里当众宣称：他家来了一批新工人，从现在起由他亲自检查卫生。这还不算，随便哪一位要是在他的面包里找到一丝头发，他保证付给那一位十块钱罚金。这样一来他又捞回了一大笔钱。大家都想在他的面包里找出头发来，可是谁也没有发现。事实上，也有人发现过，但姚纳撵走了那些家伙。他大叫大嚷，说脏东西是他们故意放的，想骗他十块钱。他口口声声说："我知道这些鬼把戏！"

你瞧，姚纳这家伙有多么老奸巨猾！可是上帝大概存心要他好看，又给他送来了新灾难。

有一天早晨，他的工人都理理自己的东西走了。他们声明无论给多少钱也不回来，除非他加每个人每礼拜一块钱，让他们回家过夜，不再用拳头照准牙齿打人。这也是他的“亲善”态度——动不动拳头就飞到你牙齿上来了！姚纳大为光火。他又不是头一年做老板，要工人教训他该怎么打架，他还从来没有看见过！加工资的事那就更甭提了。一个人不愿意，他能找到十个人来代替。见鬼，工人——什么了不起的东西！活活饿死的人还少吗？

姚纳找他的新工人去了。可是烤面包的工人一个也找不到！谁都不肯到他那里去。是怎么回事儿呢？原来是所有的烤面包工人约好不到他那里去的，除非他把全部老工人请回去，答应他们的全部要求：(1)每礼拜加一块钱；(2)让他们回家过夜；(3)不再照准牙齿打人……嗨，真滑稽，真可笑，看姚纳发疯，看他用拳头捶桌子，看他骂世界上所有的人！我的妈呀，可把我开心死了！不过，这跟下面的事比起来只能算鸡毛蒜皮。

4

闷热的夏天，甜瓜和西瓜刚熟，这是一年当中最好的季节。不过眼睛一眨，眼泪汪汪的秋天就要来了。对不起，上帝，我可不喜欢眼泪汪汪的秋天！我喜欢高兴。还有什么能比那到处都是甜瓜、西瓜的瓜市更叫我高兴的呢？随便朝哪儿瞧，都是甜瓜和西瓜。甜瓜黄灿灿的，散发着柠檬一般的香气。西瓜瓤像火一样通红，瓜子黑油油的，瓜很甜，像蜜一样。妈瞧不起西瓜。她说，甜瓜合算些。她买一只甜瓜，就够我们娘儿俩吃两天——包括早饭、午饭和晚饭。她认为西瓜只是好吃，除了装满一肚子的水，什么也没有。我看，她是弄错了……要是我做皇帝，我就一年到头拿西瓜就面包吃。西瓜里瓜子多，没有关系。好西瓜只要甩甩，瓜子自会飞出来，那你就吃吧，享福吧！

我啰啰唆唆净讲西瓜，差点儿把要紧事儿给忘了。我们谈的是我哥哥艾利亚的老丈人，姚纳面包师呀。倾家荡产的灾难终于降临到了他头上！谁也没料到他有这样的下场。你想想看，有一天我和妈正坐在桌子旁边吃午饭，吃甜瓜跟面包，忽然门打开了，闯进了我的哥哥艾利亚，他手上拿着《摩西五经》，我父亲的《摩西五经》。跟在他后面的是他老

婆布罗哈。她一手拿着一条皮衣领，一手拿着一把铁漏勺。你可知道这是什么玩意儿？捞面条用的家伙。

艾利亚面色惨白，跟死人一样。布罗哈却满脸通红，像一团烈火。

“妈，我们要住到您这儿来了。”布罗哈一开口就说明了来意。

“妈，我们是死里逃生！”艾利亚做了补充。

两个人哭哭啼啼，妈也跟着流眼泪。出了什么事啦？失火啦，还是被赶出来啦？都不对！是我哥哥艾利亚的老丈人“停止支付”了，也就是说破产了。于是债主们把他从头到脚都给查封了。一针一线，样样都要，只要屋子里有；甚至连屋子也要。况且这事还那么丢丑！他们要他腾空房屋，换句话说，他们把他撵走了！

“我的天啊！”妈叫了起来，痛苦地扭着手，“他的钱哪儿去了呢？他不是很有钱嘛！”

我哥哥艾利亚立刻给她解释说，第一，老头儿根本没有什么钱，第二……可是我嫂嫂布罗哈打断了他的话。她说，她的父亲的确很有钱。她要能有他的一半就好了！不幸的只是，她父亲把全部财产都花在她的婚事上了……

她没命地喜欢讲她结婚的事儿。她到我们家来一次，就总要滔滔不绝地讲一次！她说，像她这样的婚礼，世界上还从来没有举行过！烤了那么多东西，煮了那么多东西，煎了那么多东西！那么多大蛋糕，那么多馅儿饼，那么多甜点，那么多果子酱……

可是落了个什么呢？这会儿她只落了个一手拿着皮衣领，一手拿着铁漏勺！她父亲答应我哥哥的许多嫁妆现在已经是不值一提了。哥哥在这件事儿上甚至还“赚了一票”：他过节穿的衣服和铺盖都被扣押了，表也被扣押了。现在他是一无所有，两手空空。

妈大失所望。唉，真是天大的不幸！谁能料到呢？要晓得大家本来都很羡慕她。妈认为这里面一定有邪神，说不定就是她自己的话使姚纳遭了殃。总而言之，她比任何人受的打击都要大。她不是想有个金库吗？可现在是，金子跑走了，只剩下空库了！

“好吧，我的孩子，你就留在我这儿，等上帝开眼看上了你再说吧……”

妈说着把自己的床——我们家仅有的一件家具——让给了儿媳妇。

第七章
我哥哥艾利亚做的饮料

1

“一元换百元！凡通晓拙著奥秘者必能月赚百元而有余。本书廉售一元，邮资在内。莫失良机！欲购从速！”

有一天我哥哥艾利亚在报纸上看到了这样一则广告，这是在他离开老丈人养育后不久。尽管老丈人满口答应要养他三年，可是养了还不到十个月，有钱的姚纳就遭逢不幸，破产了。有钱人成了穷光蛋！这件事的来龙去脉，我已经讲给你听过。我不喜欢翻来覆去老讲一件事，除非有人求我。

不过这会儿求我也没有用，因为我现在忙得不可开交。我在挣钱，贩卖我哥哥艾利亚亲手做的饮料。他是从那本廉售一元的书上学来的，一个月可以赚一百元，甚至还要多一点。

我哥哥艾利亚一看到世界上有这样一本书，就立刻从邮局寄出去一块钱（最后的一块钱），并且对妈妈说，从今以后她再也用不着发愁了。

“妈！谢天谢地，我们得救了！这会儿我们可有进项了，进项会多到喉咙口！”说着他用手在自己的喉咙口比画了一下。

“怎么回事儿呀？”妈问，“你有了工作啦？”

“比什么工作都高明！”哥哥容光焕发，兴高采烈地说，“再过几天书就要来了！”

“什么书呀？”妈妈问。“好得不得了的书！”艾利亚回答说，接着他问妈一个月一百块钱够不够。妈笑笑说，一年能有一百块钱她就心满意足了，不过钱要靠得住才行。哥哥对她说，她的愿望太简单了，说完就到邮局去了。他每天都要到邮局去，去打听书来了没有。自从他寄出他那一块钱，已经过了一个多礼拜，但是书还没有来！日子可照样得过下去。

“只要心还跳动，就得吃饭！”妈说，接着又添了一句，“心又不能吐出来！”

我不明白，心怎么能吐出来？

2

你得恭喜我们：书来了！刚把邮包打开，我哥哥艾利亚就往下一坐看起来了。书里面一应俱全！赚钱的花样应有尽有！做高级墨水一个月能赚一百块钱；做上等黑鞋油一个月能赚一百块钱；消灭老鼠、蟑螂和各种害虫一个月能赚一百块钱；做甜酒、果汁酒、柠檬水、苏打水、格瓦斯以及其他饮料一个月能赚一百块钱，甚至还要多一点。

我哥哥艾利亚看中了饮料。第一，这玩意儿一个月能赚不止一百元——书上是清清楚楚这么说的！第二，这玩意儿干净，不像做墨水，做鞋油，或者捉老鼠捉蟑螂，脏得很。问题只在于做哪一种饮料。做甜酒和果汁酒得有洛希尔[1]的家当才行。做柠檬水或者苏打水要有专门的机器和一种什么石头，天知道要值多少钱。只剩下一样格瓦斯，这是一种廉价饮料，销路很好，特别是在像今年这样热的夏天。应该告诉你，做格瓦斯买卖的包鲁赫就是靠格瓦斯发的财。他卖的叫什么瓶装格瓦斯，很有点儿名气。格瓦斯从瓶里冒出来好像从大炮里冒出来一样。窍门在哪儿，谁也不知道，这是包鲁赫的秘密。据说，他在瓶里放了什么东西——有人说是葡萄干，有

[1]洛希尔（1743~1812），欧洲的一个犹太财阀，在维也纳、伦敦、巴黎等地都设有银行。——译者注

人说是忽布树籽[1]。只要夏天一到，包鲁赫家就简直忙得不可开交。生意非常兴隆！

我们的格瓦斯是我哥哥艾利亚照书上的方子做的，它不装在瓶里，也不会冒出来。

[1] 忽布树籽是芸香科忽布树的种子，在制酒工艺中可代替啤酒花。——编者注

我们的格瓦斯完全是另外一种。它怎么个做法，我不知道。我哥哥艾利亚干活的时候不让任何人走近他。只有在放水的时候还马马虎虎。等到他配方子了，他就一个人关在妈房间里，无论是我，是妈，还是布罗哈——谁都不准在场。

尽管如此，如果你答应我保守秘密，我可以告诉你他的格瓦斯是用什么做的。我知道他放的什么东西。有柠檬皮，有糖浆，还有一种比醋还酸的玩意儿，叫“酒石”什么的。除此以外就是水，格瓦斯里面主要的是水。水越多，格瓦斯就越多。用一根普通的棒（书上是这么说的）把这全部东西好好搅搅，格瓦斯就成功了。这时再把它倒进一只细颈的大瓦罐，放上一块冰。冰非常重要！没有冰，这玩意儿就一钱不值。我说这话的根据不是书本，而是经验。有一次我喝了点儿没有冰的格瓦斯，难喝得差点儿要了我的命！

3

做好第一桶以后，大家决定由我到街上去叫卖。事实也是这样，不由我还由谁呢？要哥哥去卖似乎不大像样，他已经是讨了老婆的人了。要妈妈去当然更不像话。我们也不肯让妈拎着个大瓦罐到市集上去叫喊：“格瓦斯！格瓦斯！格瓦斯要吗？”大家一致通过，这事儿应该由我去干。再说，我自己也这么想。大家的决定真是正中下怀。我哥哥艾利亚再三叮嘱我，一只手用绳子拎着大瓦罐，另外一只手拿茶杯，为了招徕顾客，还要拉长嗓子大声叫喊：

嗨，格瓦斯清凉爽口！提神止渴啦！

我的嗓子，我早就对你说过，呱呱叫——是金嗓子。这是父亲的遗产，他老人家可以死而瞑目。可是我忘了哥哥教我的那两句，只好自编自唱：

格瓦斯！格瓦斯！格瓦斯！

大家来喝格瓦斯！

一杯一个铜子！

一个铜子别当事！

我不知道，是我的顺口溜讨人喜欢呢，是格瓦斯真正好呢，还是那一天实在热得受不了，第一罐不到半小时就卖光了，我一趟就捎回了七十五个铜子。我哥哥艾利亚把钱交给妈妈，立刻又给我装了一大罐。他说，要是我一天能这样来回跑五六趟，那我们一个月就准能赚一百元——十拿九稳！

现在，请你除掉四个安息日，再算一算格瓦斯共卖多少钱，那你就会一目了然，格瓦斯能让我们净赚多少。格瓦斯本身很便宜，甚至可以说，几乎不值钱。最贵的是冰。因此，必须尽快把格瓦斯卖完，使得一块冰可以够第二罐用，第三罐用，第四、第五、第六罐用。这样一来，拎着大瓦罐走路就一定要快，最好是跑。我后面跟着一大群小孩。他们笑我，逗我，学我叫唤，我根本不理。我一心一意要快点卖掉我的格瓦斯，然后跑回家再装一罐。第一天我做了多少生意，我自己也不知道。只知道我哥哥艾利亚，我嫂嫂布罗哈，还有妈妈都大大地把我夸奖了一番。吃晚饭的时候他们给了我一大块甜瓜、一大块西瓜，还有两颗匈牙利李子。格瓦斯，那就不用说了——我们喝格瓦斯跟喝水一样。

晚上妈给我在地板上铺好床铺以后，问我的腿疼不疼。艾利亚听了哈哈大笑。他说，像我这样的小伙子，一辈子也不会有什么疼痛。

“当然啦！”我说，“如果你们需要，就是现在，夜里，我也能拎了大瓦罐再上街！”

大家都笑我这股傻劲。可是妈又眼泪汪汪的了。老花样——她一定要哭一场。我真想知道，是不是所有的妈都像我妈一样，老是哭？

4

谢天谢地，我们的生意非常兴隆！热得可真吃不消——一天比一天热，人们苦透苦透。要不是有一杯冰凉的格瓦斯，恐怕就活不下去了。我拎着我的大瓦罐——不吹牛——一天来回跑了总有十次！我哥哥艾利亚看了看大桶说，桶已经见底了。说着就毫不犹豫地乒乒乓乓往大桶里又加了两桶水。真是好主意！

不过这绝顶聪明的主意还是我比他先想到。应该向你坦白，我加水已经加过不止一次。我每天差不多都要到邻居彼西亚家去，请她喝一杯本厂格瓦斯。她的丈夫订书匠摩西，我要请他喝两杯——他这个人真是太好了。他们家的小鬼，我也给他们一人一杯，让他们也见识见识，我们家能做出什

么样的格瓦斯来。连瞎眼叔叔我也要请他尝尝——我觉得他这苦命的人怪可怜的。我请所有的熟人喝格瓦斯都是分文不取。可是不能白受损失。所以我就要在我的大瓦罐里加水。人家白吃我一杯格瓦斯，我要在瓦罐里加两大杯水。

我们家里也是如此。比方说，我哥哥艾利亚喝了一杯格瓦斯，立刻就要加一杯水。对嘛，干吗要白受损失呢！他老婆布罗哈一口气就能喝两杯（她没命地喜欢我哥哥做的格瓦斯），喝完马上加水。有时妈也尝一小杯（这要央求她才行，她自己是不动手的），喝完也立刻有人替她加水。一句话，我们决不浪费一滴格瓦斯。谢天谢地，我们的赚头真不错。妈已经还了不少债，赎回了一部分最需要的东西，铺盖也赎回来了。家里又有桌子椅子了。逢安息日我们家有鱼，有肉，有白面包。甚至还答应给我买双新靴子过节！我觉得谁也没有我过得痛快！

5

可是有谁，有哪一位先知能够预见，我们家会出这样的祸事，我们的格瓦斯忽然变得人人嫌弃，只好往污水桶里倒呢？没有把我抓到警察局去，总还算造化！事情是这样的。

有一天我拎了我的大瓦罐到邻居彼西亚家去转了转。一人给了一杯格瓦斯，我也陪着喝了点儿。算了算，一共喝掉大约十二三杯。这时我就到门口过道里去，因为那儿经常有水。我本来要从水桶里舀水，可是大概舀到洗衣裳的木盆里去了。我打那儿扑通扑通舀了一二十杯，往大瓦罐里一倒，就上街去做生意了，嘴里还唱着我新编的一支小调：

喝一杯格瓦斯精神爽，
这玩意儿真吃香！
喝一杯格瓦斯浑身凉，
保管你们不上当！

有个过路的把我喊住了，给了一个铜子，一口气喝干了一杯，喝完就皱紧眉头说："小家伙！你这是什么格瓦斯呀？"

我没有理他。还有两个买主等着我卖给他们哩。这两个买主当中，一个人喝了半杯，另外一个喝了三分之一。他们一口吐掉以后就走了。又来了一位新买主，他刚把杯子送到嘴边尝了尝，就冲着我说，格瓦斯有股肥皂气味，不知为什么还是咸的。下一个买主只看了看杯子，就把杯子还给我了：

“你这是什么玩意儿？”

“就是这样的饮料嘛。”我说。

“这是饮料？在我看，这是臭水！”

又来了一个人。他刚尝了尝，就把一杯水往我脸上一倒。一会儿工夫，我被一大堆人围住了，有男的，有女的，有小孩。大家指手画脚，叫的叫，闹的闹！

看见聚着一大堆人，警察跑来了。他问是怎么回事儿。有人给他做了介绍。他走到我跟前，看看大瓦罐，要了一杯。他才尝了一点，就吐了又吐，暴跳如雷：“你这臭水是哪儿弄来的？”

“照书上做的，”我回答说，“我哥哥照书上……自己做的……”

“谁是你哥哥？”

“艾利亚。”

“艾利亚又是谁？”

“蠢货，别提哥哥嘞！”人堆里有人提醒我，为了叫警察听不懂，这句话里还夹杂了希伯来语。

你喊我叫，大吵大闹。人越来越多。警察抓住我的手，要把我们（我和我的格瓦斯）带到局里去。这一来，吵得更是不可开交。四面八方都在喊："他是孤儿！是个可怜的孤儿！"我觉得事情不大对头，就央求大家说："先生们，可怜可怜我吧！"有人想塞给警察一个铜子儿，可是他不收。这时有个眼睛尖溜溜的老头儿用希伯来语对我说："莫吐儿！抽出手来快点儿溜！"

我猛地一甩，挣脱了我的手，拔起脚就往家跑。闯进家门时我已经半死不活了。

"瓦罐哪儿去啦？"我哥哥艾利亚问。

"在警察局里！"我回答说，说着就哭哭啼啼往妈怀里一扑。

第八章
我们使全世界都遭了墨水灾

1

唉，我真是傻瓜！唉，傻瓜！我还以为为了这倒霉的格瓦斯他们要砸烂我的脑袋哩！真是活见鬼！我吓得魂不附体，真是冤枉！我们家邻居彼西亚对我妈妈说：“人家英塔不是拿蜡烛油充鹅油卖？卖肉的戈达利雅不是一年到头都卖禁食的肉？”叫我伤脑筋的是我妈妈。她死心眼儿，样样事都要放在心上。

我哥哥艾利亚可真叫我喜欢。他一点也不泄气，尽管在格瓦斯上出了这么件倒霉事儿。只要他有万宝全书在手，一切都没问题！他买这本书花一元钱，可是书名叫作《一元换百元》啊！书里生财之道一应俱全，我哥哥艾利亚差不多已经记熟了所有的生财之道。他知道怎样做墨水、做鞋油，怎样捉老鼠、捉蟑螂，还有其他的玩意儿。

这一回他决定先做墨水。他说墨水是畅销品。人人都要写字的。他甚至还特意到录事[1]尤狄利家去打听，问他要花多少钱买墨水。尤狄利的回答很简单："要倾家荡产！"一点也不错，有六十个小姑娘跟尤狄利学写字哪。男孩子没有跟他学的，男孩子怕他，因为他喜欢打人，要用戒尺打手心。小姑娘是不好打的，抽，更不行。

可惜我不是个丫头。如果是丫头，第一，可以用不着每天做追悼祷告[2]。我厌烦死了，天天都是老一套。其次，我可以不到老师那儿去上学了。尽管我只去半天，只学一点点，耳光可叫你数不清！最主要的是，打我的甚至不是老师，而是他老婆。我拿点东西给猫吃吃，她就要发疯。这猫要是你见了，保你难过，看了痛心！它终年到头饿肚子，因此总是喊冤似的叫个不停，跟人叫一模一样。简直心疼！他们对它没有一点慈悲心。他们到底要它怎样呢？只要它走到谁跟前去闻闻，他们就会朝它大叫一声："滚！"猫吓得到处乱奔。他们不让它安生。不久以前，它一连失踪了好几天。我还以

[1] 录事是负责记录的文职官员。——编者注

[2] 犹太教规定，只有死者的儿子才要做追悼祷告。——译者注

为它死了哩。后来才知道它下小猫崽了……闲话少说，还是讲我哥哥艾利亚的墨水要紧。

2

我哥哥艾利亚说，现在世道都变了。不说别的，就说做墨水吧。从前做墨水一定要买五倍子[1]，墨水把它捣碎研成粉，要煮不知多少时间，然后再加蓝矾。要写出来有光，还要加糖。你瞧，有多麻烦！现在呢，可痛快了！到药房里去买点儿药粉，买瓶甘油，往水里一放，煮一会儿，墨水就成功了！我哥哥艾利亚是这么说的。说完他就上药房去了，买回来一大包药粉，一大瓶甘油。接着，他就一个人关在妈房间里。他在那儿干什么，我不知道。这是秘密。样样事情在他都是秘密。他跟妈讨小研杵的时候，也要鬼鬼祟祟把妈叫到一边，细声细气地对她说："妈，把小研杵给我！"

[1] 五倍子是某些漆树科植物叶上因昆虫产卵寄生而形成的异常发育部分。——编者注

他把药粉和甘油调和在一只特大的瓦罐里（瓦罐是新买的），调好以后往炉子里一放，细声细气地叫妈把门锁上。我们大家的神经都很紧张！妈老是惶惑不安地朝炉子那边望，生怕炉子要炸掉似的。后来我们把从前装格瓦斯的那只大桶

拖进了房间，小心翼翼地把瓦罐从炉子里拿出来，又小心翼翼地把里面的东西倒在大桶里。接下来是加水。等桶里的水加到半桶的时候，我哥哥艾利亚一声命令："够了！"说完，就看看《一元换百元》。

他看着看着，还轻轻地关照妈亲给他一支新笔、一张白纸。"写申请书的那种纸！"他在妈耳朵边又低低地补充了一句。他把笔在桶里蘸了一下，在白纸上写了几行字，还画了个弯弯曲曲的花押[1]，画好以后先拿给妈看，然后又拿给他老婆布罗哈看。她们看了以后都说："是墨水呀！"

[1]花押是欧洲过去的一种图形式签名。——编者注

接着我们又再干老行当：又拎了两桶水倒在大桶里。哥哥抬了抬手说："够了！"说完又把笔在桶里蘸了一下，在纸上写了几个字，又让妈和他老婆布罗哈看了看。她们看了以后又说了一句："是墨水呀！"

这样翻来覆去干了好几次，一直到水要满到桶边才停止。再加就装不下了。

这时我哥哥艾利亚抬起手说："够了！"我们一家四口这才坐下来吃饭。

3

吃好饭以后我们就动手把墨水装到瓶里去。我哥哥把全世界各种各样的瓶都弄来了。有大的，有小的，有装啤酒的，有装葡萄酒的，有装格瓦斯的，有装伏特加的。瓶塞子他买的是旧的，因为旧的便宜。除此以外，为了灌墨水，他还买了一只新漏斗和一只白铁杯子。他细声细气地叫妈把门锁好，接着我们四个人就动手干活了。

我们分工分得非常好。我嫂嫂布罗哈洗瓶子，洗好以后递给妈。妈把每只瓶子检查一遍，然后再交给我。我的任务是把漏斗插在瓶口里，一只手抓住漏斗，一只手拿住瓶。我哥哥艾利亚用白铁杯子在大桶里舀墨水往漏斗里倒。

这活儿可以说又愉快又轻松。坏就坏在墨水有个毛病：它不光要弄脏你的手，连鼻子、脸也要弄得一塌糊涂。我和哥哥艾利亚就弄得跟鬼一样。我生平第一次看见妈笑。布罗哈就不用说了，她差点儿没笑破肚皮。可是我哥哥艾利亚不喜欢人家笑他。他气冲冲地问他老婆，有什么值得她咯咯咯笑的。这一来她笑得更厉害。艾利亚越是生气，她越是笑得厉害。她好像浑身在抽筋，眼看就要笑死了！最后，还是妈好容易才把她劝住，妈关照我们快去洗脸。

可是艾利亚哪顾得上洗脸。他在动瓶的脑筋。所有的瓶都装满了。再也没有空瓶了！到哪儿再去弄瓶呢？他把他老婆叫到一边，给了她一点钱，嘁嘁喳喳叫她想办法去弄点儿瓶来。布罗哈听他讲过以后，朝他看了一眼，又扑哧笑了起来。这下子艾利亚可光火了。他把妈叫了去，鬼鬼祟祟把他要她做的事情嘁嘁喳喳又讲了一遍。妈去找瓶，我们就往大桶里加水。当然，不是一下子加很多，而是慢慢地加。

每加一桶水，艾利亚总要抬一回手，发一次命令："够了！"然后把笔在大桶里蘸一蘸，在纸上写两笔，自言自语地说："是墨水呀！"

这样干了好几次，直到妈找了一批瓶回来才停止。我们又开始灌墨水——不把所有的瓶都灌满决不罢休。

"什么时候才能搞完呀？"我嫂嫂布罗哈问。

"啊呀，可别说这种不吉利的话呀！"妈拉直嗓门叫了起来。哥哥气呼呼地看着他老婆，好像在对她说："你是我老婆不错，可就是又蠢又傻，真是天晓得！"

4

我们有多少墨水，我说不上来。我想，起码总有一千瓶！

可是没有对象可以推销，有啥用处？

我哥哥艾利亚已经东奔西走到处都跑过了。“零卖没有意思。”他对我们家邻居订书匠摩西这么说。订书匠是顺便转到我们家来玩玩的，他一眼看见这么多瓶子，吓得猛地往边上一闪。我哥哥艾利亚看到他这样，就在他们之间引出了一段相当古怪的谈话。现在我来照实重说一遍。

艾利亚：你怕什么呀？

订书匠：你瓶里装的什么呀？

艾利亚：能装什么呀？葡萄酒！

订书匠：这是什么葡萄酒呀？这是墨水！

艾利亚：那你干吗还要问呢？

订书匠：你做这么多墨水干什么呀？

艾利亚：喝呀！

订书匠：别瞎扯了！你打算零卖吗？

艾利亚：我疯啦？要卖就得十瓶、二十瓶、五十瓶一起卖。这叫“批发”。你知道什么叫“批发”吗？

订书匠：我知道什么叫“批发”。可是你打算卖给谁呢？

艾利亚：卖给谁？卖给大老板！

后来我哥哥艾利亚一家家铺子去跑，跑到一位大批发商家里。这位大批发商要一瓶样品，想看看货色。艾利亚拿了一瓶去，可他连碰都没有碰，因为没有商标。他说，瓶子上应该有漂亮的商标，要有图画的。我哥哥艾利亚说："我又不是画画的。我是做墨水的！"那一位说："行啊！你就下劲做吧！"

我哥哥急急忙忙赶到尤狄利家里。

尤狄利又给他浇了一大盆冷水。他说，他家里的墨水，一夏天也用不完。

"你有多少瓶呀？"艾利亚问。

"多少瓶？"尤狄利大为诧异，"我买一瓶，已经够我用很久了。用完这一瓶，再买第二瓶……"

真行！这臭写字的本领真大！一会儿说，为了墨水他要倾家荡产，一会儿又说，一瓶墨水已经够他用一夏天！可怜的艾利亚气得昏头昏脑！他不知道该怎样处理这些墨水才好。前几天他不是说过，零卖无论如何不干，只有成批才卖。可是现在他开始让步了。他说，零卖也行。我很想知道，"零卖"墨水是怎么回事？

"零卖"墨水原来是这么回事，我这就讲给你们听。

5

我哥哥艾利亚弄来一大张纸，把它往桌上一摊，在上面写了几个印刷体的大字：

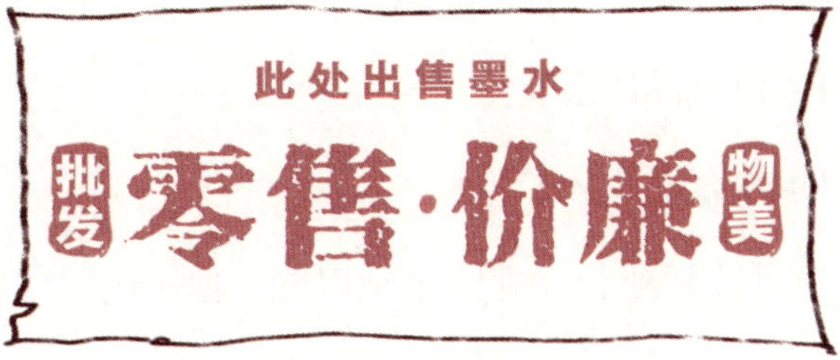

“零售”和“价廉”这几个字写得特别大，占了差不多整张纸的位置。等字迹干了，艾利亚就把这广告往我们家大门上一挂。过路的人总要停下来看看。这是我隔着窗户看见的。我哥哥艾利亚也老是朝窗外看，老是把手指弄得咯噔响。他很着急。他对我说：“莫吐儿，你到门口去听听人家说些什么。”

要我做这一类事情，用不着多吩咐。我站在大门口，看有人停下来，就专心听着他们说什么。站了大约有半个钟点，我回来了。艾利亚哥哥走到我跟前，轻轻地问我：“怎么样？”

“什么‘怎么样’？”

“他们说什么？”

“谁说什么？”

“走路的人说什么？”

“走路的人说字写得挺漂亮。”

“再也没有说什么啦？”

“再也没有说什么了。”

我哥哥艾利亚长长地叹了一口气。他干吗叹气呢？妈也问他：“你干吗叹气呀，小傻瓜！再等等吧！你想把所有的墨水在一天里都卖掉吗？”

“开开张也好呀……”我哥哥扯着哭腔说。

“你这小傻瓜！等一等，会开张的。会的！”

妈一面安慰他，一面开晚饭。我们洗洗手就坐下来吃饭了。我们四个人只好紧紧地靠在一起，因为到处都是瓶子，屋子里实在挤得要命。我们刚开始吃饭，忽然闯进来一个小伙子。这小伙子很有意思。他已经有未婚妻了。我认识他，他叫科勃尔。他父亲是个裁缝，是个女衣的裁缝。

“这儿零卖墨水吗？”

“是这儿。怎么回事？”

“我要买点儿墨水。”

“你要买多少？”

“买一个铜子好了。”

我哥哥艾利亚气得不得了。要是他不怕在妈面前丢脸，他一定要先把这小伙子揍一顿，然后再把他轰出去。总算他忍住了，卖给了他一个铜子的墨水。

没有过一刻钟，又来了个小姑娘。我不认识她。她把指头塞在鼻孔里，问了一声：“这儿做墨水吗？”

“是这儿。怎么回事？”

“我姐姐说，你们能不能赊给她一点墨水？她要给在美国的未婚夫写封信。”

“谁是你姐姐？”

“女裁缝巴霞。”

“是吗？你长得这么大啦！”妈说，“我都认不出你来了，你有墨水瓶吗？”

“我们哪儿来墨水瓶呀？我姐姐说……你们这儿能不能给她找支笔……她只要写一封信给未婚夫，用完就把笔和墨水还你们。”

饭桌上已经看不见我哥哥艾利亚了。他在妈房间里。他在那儿低着头踱来踱去，在咬手指甲。

6

“你干吗做这么多墨水呀？全世界需要的墨水都要由你来包办吗？你怕闹墨水荒吗？”我们那邻居订书匠摩西盯着我哥哥问。

这订书匠真是个怪人！怎么能挖人家的疮疤呢？他人倒不能算坏，就是叫人讨厌，好找麻烦。我哥哥艾利亚狠狠地把他骂了一顿！艾利亚叫他少管闲事，多当心点儿自己，别再把逾越节的赞美诗跟忏悔祷告订到一块儿去了……

这话很毒辣，订书匠明白是什么意思。原来有一次，有个马车夫要他订一本逾越节的赞美诗，他一时疏忽，竟把祷告书里的几张东西也订进去了。马车夫本人大概没发觉，可是邻居们听见，在该唱赞美山羊和小羊的快快活活的赞美诗时，他却在哭腔哭调地做忏悔祷告……邻居们个个好笑。第二天，马车夫赶到订书匠家里，差点儿没要了他的命。

“狗强盗！你跟我开什么玩笑？你怎么把乱七八糟的东西订到我的赞美诗里来了！我非把你的肚肠给拉出来不可！”

咳，那一年的逾越节我们可过得真痛快！

请你们原谅，我又扯到别的事情上去了。现在还是言归正传，来谈谈我们的伟大事业吧。

第九章
墨水成灾的后果

1

我哥哥艾利亚被弄得坐立不安。这么多墨水怎么办呢?

“你又想墨水的事儿啦?”妈气冲冲地对他说。

“我没有想呀!”艾利亚跟她辩白,“墨水去他的,算了!可是瓶……我把全部财产都花在瓶上了!非把瓶腾空了想法子变成钱不可……”

艾利亚能把所有的东西都变成钱!研究的结果,决定把墨水倒掉。倒它个一干二净!可是往哪儿倒呢,这么多墨水?真是丢丑的事情!

“有什么办法呢!”我哥哥艾利亚说,“只好等到夜里去倒。夜里天黑,不会有人看见。”

等到夜里，又好像老天爷有意为难，月亮照得亮堂堂的。“你要它亮，它偏躲起来，不要它，它又出来了！”我哥哥艾利亚又气又恼。我们全家出动，一瓶接着一瓶从屋子里往外运，运到外面就往街上一倒。弄得一片汪洋！“不要都倒在一个地方！”我哥哥艾利亚说。我立刻执行他的命令：一瓶一个地方。第一瓶倒在隔壁人家的墙上。第二瓶洒在隔壁人家的栅栏上。有两只山羊在那儿反刍——第三瓶就顺手请它们尝尝！

艾利亚哥哥说：“今天够了！”于是我们就回家睡觉。

夜静悄悄的，一片昏暗。只听见蟋蟀叫个不停，猫在炉子旁边念猫经。它终年到头睡不醒！无论白天还是黑夜，它只干两件事情：烤火和念猫经。门口过道里听见有很轻的脚步声。会不会是灶神呢？是妈还没睡。我每天夜里听见她拨弄手指，唉声叹气，自说自话。这是她的老习惯。一到夜里，她总要说说自己心里的事儿——讲讲自己的艰难岁月。讲给谁听呢？难道讲给上帝听吗？我听见她老是长吁短叹：“唉，上帝啊，上帝！”

2

我还没有从地铺上爬起来，睡梦中就听见一阵嘈杂声，听得出有我熟悉的声音。我慢慢地睁开眼睛——已是日上三竿。阳光透过窗户招呼我上街去看看。我绞尽脑汁，要想出昨天发生过什么事情……噢，对了，墨水！我猛地跳起来，急急忙忙穿好衣裳，看见妈满脸眼泪（这在她原是家常便饭），我嫂嫂布罗哈一副凶相（她平常也是这样），我哥哥艾利亚站在房间中央，低着头，一声不响。这是怎么一回事儿呢？原来不是一回事儿，而是几回事儿！邻居们一早醒来，大吵大闹，就好像在宰他们一样。第一家看见他们的墙上尽是墨水。第二家看见墨水洒上了他们的新栅栏。第三家看见白羊变成了黑羊！不过这一切还不算十分可怕，最可怕的是屠夫的老婆和她那双长袜子。她那双崭新、洁白的长袜子挂在邻居的栅栏上，就此也沾了墨水的光！谁也没有请她把袜子挂在别人家栅栏上呀！可是妈已经答应给她买双新的，但求她不再哭哭啼啼。墙呢？栅栏呢？由妈和布罗哈用白灰涂掉污迹了事。

“总算你们运气好，”邻居彼西亚对我妈说，“你们惹的都是些正人君子。要是你们这宝贝墨水碰上了医士美纳舍——那就够你们瞧的了！”

“那还用说，祸中也得有福呀！”妈一面回答，一面看看我。

她这是什么意思？

3

“现在我可聪明了！”艾利亚哥哥对我说，“等天黑，我们把瓶搬到小河边去。”

他完全正确！还有什么比这更聪明呢？各种各样的垃圾反正都往小河里倒。人在那儿洗衣裳，马在那儿洗澡，猪在那儿打滚扑腾。我非常喜欢小河，你已经知道我是个捉鱼能手。你这就不难理解，我是怎样焦急地等待着我们能快点儿上河边去啊！

天刚黑，我们就把瓶装在篮子里上河边去了。我们把墨水倒掉，空瓶拿回家，再拿一批，再去。这样我们一直干到天亮。

我已经很久没碰到过这样快活的夜晚了。你想想看：小城沉睡着，天空密布着繁星，月亮映在小河里。一片寂静！我们这小河的水流得很急。逾越节以后，解冻涨水的时候，它要跑到岸上去发脾气。往后，水一点一点落下去，小河就越来越浅，越来越窄。到夏末，它只好安分守己躺在那儿打

盹，含含糊糊咕哝几声：咕嘟，咕嘟！对岸的青蛙也随声应和：咯咕噜——咯咕噜！你瞧，就这么条河！简直丢脸，这哪儿是河！我从这边涉水到那边甚至用不着卷裤子！

小河因为我们倒了墨水涨起来了。可不是闹着玩的，有上千瓶哪！我们辛辛苦苦干了一夜。到天亮才睡觉，睡得跟死人一样。忽然，妈的号叫声把我们惊醒了：“我的天啊！我真是苦命！你们在河里干的什么好事呀？”

原来，我们把全城都弄得一团糟。洗衣妇没地方洗衣裳了。马车夫没地方饮马了。运水夫……他们就要来和我们算账了。

这都是妈说的。可是我们不想看见洗衣妇、马车夫和运水夫，也不想等他们来跟我们算账，这种愿望我们一点也没有。我们对这毫无兴趣。于是我和艾利亚就不多耽搁，离家到他的朋友皮尼亚家去了。

“如果他们要找我们，让他们来找好了！”我哥哥艾利亚说。他一把拽住我的胳膊，我们拔脚就往皮尼亚家飞跑。几时有机会，我要给你们介绍一下皮尼亚。应当跟他认识认识，有时他也能出点儿好主意。

第十章
一条街人人打喷嚏

1

你可知道这会儿我们该轮到什么啦？轮到老鼠了！

我哥哥艾利亚头也不抬地坐在那儿看那本教人弄钱的《一元换百元》，看了整整有一个礼拜。他说他已经学会怎样消灭老鼠、蟑螂、各种害虫以及大号老鼠了。他跟他的药粉出现在哪儿，那儿的老鼠就一扫光：不是逃得干干净净，就是死得一只不留。再也不会有老鼠了！他有什么窍门，我不知道。这是秘密，只有艾利亚和那本书知道。那本书艾利亚总是放在衣袋里。药粉包在纸里。药粉淡红色，研得非常细，跟鼻烟一样，名叫“蒜藜芦”。

“蒜藜芦是什么呀？”我问。

“是一种土耳其的胡椒。”

“土耳其胡椒又是什么呀？”

“让我来揍你一顿，那你就知道‘是什么’了！”艾利亚顶了我一句。

他不准人在他干活的时候左问右问，纠缠不清。我只好看着不开口。我看见他另外还有一种药粉。

“也是灭老鼠的。不过要小心！”

“这是吃了要送命的毒药！”艾利亚警告妈，警告他老婆，又警告我，警告了总有一百次。特别是我：碰都不准碰！

我们第一次是拿邻居彼西亚家的老鼠做试验。她家的老鼠真是不计其数！你也知道．她丈夫是个订书匠，他手头总是有很多书。老鼠喜欢书本，并不是它们喜欢读书，而是喜欢粘书的糨糊，顺便也就把书啃掉了。它们常常叫订书匠伤脑筋。不久以前，它们啃坏了他的一本崭新的祷告书，正好从“上帝，宇宙的主宰”那儿啃起。“主宰”被啃掉了，啃得一点也不剩。

“请你让我到你们家去一夜吧！”我哥哥艾利亚央求订书匠说。

可是订书匠不答应。他说：“我怕你把我所有的书都弄坏了！”

“我怎么会把你的书都弄坏呢？”

“我怎么知道呀！可是我怕。书是别人家的……”

你去跟订书匠讲道理吧！好容易我们费尽口舌，才让我们到他家去一夜。

2

第一夜我们运气不好——一只老鼠也没有捉到。可是我哥哥艾利亚认为，这甚至是好现象：老鼠一闻到药粉的气味都跑光了。订书匠听他解释的时候，不住地摇头、发笑。看得出，他不相信。尽管如此，我们家捉老鼠这件事还是传遍了全城。这是我们的邻居彼西亚宣扬出去的。一清早她就到市集上去嚷嚷，说谁都不如我们家会捉老鼠。她给我们家专添好名声。从前她对大家夸赞我们家的格瓦斯。后来又逢人便说，世界上没见过像我们家那样的墨水。事实上，多说也没有用处，因为谁都不需要墨水。老鼠可不是墨水！老鼠到处有，家家有。虽然每家都有猫，可是一只猫哪儿能对付这么多老鼠，特别是大老鼠！大老鼠根本不把猫放在眼里。甚至有人说，猫倒过来怕大老鼠。

皮匠贝列就说得非常肯定。他讲起大老鼠来，能讲得你毛骨悚然！尽管有人认为，他说得稍微夸大一点，可是他的话听一半已经够新鲜。他说，大老鼠吃掉了他的一双新靴子。他那样赌咒发誓，叫你非相信他不行。他说他亲眼看见有两只头号大老鼠从洞里爬出来，吃掉了他的新靴子。事情发生在夜里。他不敢走到老鼠跟前去，因为老鼠有小牛那么大！他向它们跺脚，嘘它们，朝它们喊："去——去——去！"可是它们只当没听见。他把鞋楦头[1]照准它们扔过去，这两只畜生只不过看了看，还是照旧行事。后来他把猫抓来朝老鼠头上扔。你猜怎么样——老鼠扑住猫，把猫吃掉了！谁也不愿相信他，可是他那样赌咒发誓！

[1] 鞋楦是做鞋用的模型。——编者注

"让我到你家去待一夜，就准能把你家老鼠消灭得干干净净。"我哥哥艾利亚对他说。

"请，请，请！真是感激不尽！"皮匠非常欢迎。

3

我们在皮匠贝列家里整整坐了一夜。皮匠也没有闭眼睛。他给我们讲了许多稀奇古怪的事情，一直讲到大天明！

他说他参加过土耳其战争[1]（贝列是个退伍军人）。他到过什么普勒文，那里打仗用的是大炮。你可知道大炮有多大？光炮弹就比我们整个房子还要大！大炮在一分钟里能把这样的炮弹射出上千发！你说够劲不够劲？炮弹飞起来的响声能把你耳朵震聋。贝列说，有一次他正在站岗，忽然轰隆一声，把他轰到天上去了，一直轰到了九霄云外。炮弹在那儿炸成了一千多片。贝列说，他还算运气好，掉下来正好落在一个软地方，要不然他的头就开花了。

[1] 指 1877~1878 年间俄国和土耳其的战争。——译者注

我哥哥艾利亚听着听着，听得眉开眼笑。他自己倒并没有笑，只是眉毛在笑，笑得真是古怪。不过皮匠一点也没有发觉。他滔滔不绝地给我们讲了整整一夜，讲的是各种各样的奇遇，一次比一次惊险，就这样我们一直坐到大天明。老鼠呢？老鼠一只也没有看见！

“你真是个活神仙！”皮匠对我哥哥艾利亚说。

后来他甚至跑到市集上对全城人宣传说，我们用一种咒语一夜工夫就把他家老鼠消灭得干干净净。他赌咒发誓地说，他亲眼看见我哥哥艾利亚叽里咕噜，口中念念有词，后来老鼠就纷纷从洞里爬出来，向山下跑，跑到河边，渡过河

到别的地方去了……到什么地方去了，他不知道……

4

“这儿捉老鼠吗？”

到我们家来打听的人越来越多，他们是来请我们用念咒的方法去消灭老鼠的……

可是我哥哥艾利亚是个规矩人。

他容不得半点儿虚假。

他对任何人都公开声明，他捉老鼠不是靠咒语，而是靠药粉。他有一种老鼠闻到气味就要躲开的药粉。

“管它药粉也好，魔鬼也好，只要能消灭老鼠就行……要多少钱？”

我哥哥艾利亚不喜欢讨价还价。他说药粉该给多少钱，人工该给多少钱。可是他一次比一次要得多。他每天都要抬高价钱。说得准确些，抬高价钱的不是他，而是我嫂嫂布罗哈。

她说：“既然跟老鼠打交道，那就至少得捞一票！”

“良心呢？上帝呢？”妈很生气。

布罗哈回答说：“良心？喏，良心在那儿！”她指指炉子；

“上帝？上帝在这儿！”她拍拍她的口袋。

“布罗哈，你说什么？我的老天爷！”妈吓得叫了起来。

“你干吗要跟这母牛唠叨呢？！”我哥哥艾利亚说。他一面说一面在房间里踱来踱去，手老是不停地摸胡子。

他的胡子已经蛮像样了，长得可真快，像是发了酵一样。他摸得厉害，胡子也长得厉害，不过有点儿奇怪，只长在脖子上。脸上干干净净的，脖子上净是胡子。这样的胡子你可见过没有？

换了别的时候，我嫂嫂布罗哈准要让艾利亚瞧瞧“母牛”的厉害，准要叫他晕头转向，两眼发黑。可是这一回她没有吭气，因为我哥哥艾利亚现在挣钱了。

艾利亚挣钱的时候她对他非常尊敬。她现在甚至对我也很尊敬，因为我在帮她的丈夫挣钱。平常我在她嘴里是“讨饭坯”“笨蛋”“馋鬼”，现在她却怪声怪气地叫我“毛孩儿”，叫得可真亲：

“毛孩儿，把鞋给我！”

“毛孩儿，给我拿杯水来！”

“毛孩儿，把垃圾倒掉！”

你挣钱的时候，她完全是另外一种口气！

5

我哥哥艾利亚有个古怪脾气，样样东西喜欢多。要做格瓦斯，就得一大桶；要做墨水，就得上千瓶；要弄老鼠药，就得用麻袋装！彼西亚的丈夫订书匠摩西对他说：“你干吗要弄这么多呀？”可是艾利亚却把人家臭骂了一顿。

他本来是想把麻袋藏起来的，可是大家有事出去了，麻袋就放在外面了！我当然要骑到麻袋上去玩玩。这有什么不好呢？我哪能知道，麻袋会裂开来，会跑出许多莫名其妙的黄粉来呢？这原来就是我哥哥艾利亚用来捉老鼠的药粉。这药粉的味道能把你憋死。我想把漏出来的药粉抓起来，弄得我没命地打喷嚏。即使把一瓶鼻烟都塞进我鼻子里，我也不会这样打喷嚏。我从屋里跑出来，总以为在外面就可以不打喷嚏了。哪有这样的好事！这时妈来了，看见我打喷嚏，问我是怎么回事。可是我一句话也说不出，只好“阿嚏”“阿嚏”再来一个“阿嚏”。

“我的天啊！”妈哭哭啼啼，“你是在哪儿得了这伤风毛病啦？”

我一面打喷嚏，一面用手给妈指指我们家房子。她走进去以后，立刻就奔了出来，也像我一样直打喷嚏。我哥哥艾

利亚回来了，看见我和妈不停地打喷嚏，问我们是怎么回事。妈用手指指我们家房子，他跑进去也立刻跳了出来："是谁把这打……阿嚏！阿嚏！阿嚏！……"

我很久没有看见我哥哥艾利亚这样暴跳如雷了。他握紧拳头向我冲过来，幸亏他接二连三地打喷嚏，要不然非打死我不行。我嫂嫂布罗哈回来了，看我们大家左一个喷嚏右一个喷嚏。

"你们怎么啦？你们怎么突然打起喷嚏来了？"

我们能说什么呢？我们没有办法讲话，只好用手指指我们家房子。她奔进去以后，立刻像一支箭似的飞了出来。她满脸通红，冲着我哥哥说："我跟你说……阿嚏！阿嚏！阿嚏！……"

这时候邻居彼西亚来了。她跟我们说话，但我们没法回答她。我们用手指指我们家的门。她走进屋子，也立刻冲了出来："你们这是干什……阿嚏！阿嚏！阿嚏！……"

她的丈夫订书匠也跑来了。他看看我们，笑着说："是什么东西惹了你们啦？"

"你进去试……阿嚏！阿嚏！阿嚏！"我们指着房子同声对他说。

订书匠走进屋子，笑着跳着冲了出来。

“我知道这是什么玩意儿！我闻了闻！是蒜藜……阿嚏！阿嚏！……”

他笑得前仰后合，不停地打喷嚏，打一次喷嚏，踮起脚尖跳一次，再打一次喷嚏，再跳一次……不到半个钟点，我们家的邻居，邻居家的亲朋好友——从街头到街尾，整条街的人，一个不漏，都像痴子似的打起喷嚏来了。

我哥哥艾利亚非常害怕，怕打喷嚏的人要跟他算账！他一把拽住我的胳膊，我们拔起脚就往他朋友皮尼亚家跑，一面跑一面不停地打喷嚏。

过了足足有一个半钟点，我们才恢复正常，才能像常人一样说话。我哥哥艾利亚这才把我们家出的事情从头到尾给他的朋友讲了一遍。皮尼亚凝神听着他讲。好像医生听病人报告症状一样。后来他说：“喂，把那本书给我瞧瞧！”

艾利亚从口袋里掏出那本书递给皮尼亚。皮尼亚看见书皮上写着：“一元换百元！方法十分玄，全靠一只手，一个月好赚不止一百元……”

看到这里他把书朝炉火里一扔！我哥哥艾利亚跳起来想伸手到火里把书救出来，可是皮尼亚拦住他说：“慢点儿！别急！”

几分钟以后，我哥哥艾利亚的这本教人月赚百元而有余的万宝全书，就变成一堆灰烬了。只剩下一小块纸片没有烧掉。上面还勉勉强强能认出“蒜藜芦”这三个字。

第十一章
我们的朋友皮尼亚

1

我答应给你们介绍我哥哥的朋友皮尼亚，你们还记得吗？我答应给你们介绍，是因为他会想出美妙的主张。不过在讲到皮尼亚之前，我得先给你们讲讲他的祖父，然后是他的父亲和叔父，只有在这以后才能讲他本人的事儿。

你们不要害怕，我只简单扼要地讲一讲。

先从他祖父讲起。

你们听说过玻璃匠盖夏先生吗？皮尼亚的祖父就是他。盖夏先生有时是玻璃匠，有时是镜子匠，有时还会做鼻烟。现在他扔掉了所有的手艺，只做一项生意：研鼻烟，卖鼻烟。他说，一个人活着就得干活，不能求别人帮忙。他这人又瘦又长，有一双红眼睛，一只下宽上窄、活像牛角的大号弯鼻子。我怕他是闻鼻烟才闻成这副样子的。他很老了，总有百把岁了，可是他头脑还很健全，就是现在也恐怕要比他的两个儿子——技师格尔什－莱布和钟表匠什涅尔还聪明。

技师格尔什－莱布也跟盖夏先生一样又瘦又长。他也有个大鼻子，不过他并不闻鼻烟。说不定他将来要闻，只是现在没闻罢了。他是炉匠，专砌炉子。大家都说他很有头脑。事实上他的脑门儿也的确大得不得了。他说，要是人家能教给他一门行当，他这人就会盖世无双。世界上的任何事儿他那脑袋瓜子都能弄懂。这是他自己这么说的。样样事儿他总是一看就明白。砌炉子他也是自个儿学自个儿搞。他看见炉匠伊万砌过几回炉子，看得他笑痛肚子。他肯定地说，炉匠伊万甚至还不懂得什么是炉子。

有一次他回到家里，拆掉了家里的炉子，用拆下来的砖头重新砌了一个。开头的时候，这炉子一烧起来就冒烟冒得能把人憋死。于是他又拆掉重来。这样搞了好几次，直到他成了有名的炉匠才停止。他那脑袋瓜子还想出了这么一种炉子，用八天只要生一次火。倒霉的只是，他没有他所需要的砖头来砌这种炉子。他说，如果给他瓷砖，他准能砌出世界上还没有过的炉子。

他说，砌炉子要比修钟表高明。他说这话是为了挖苦他的弟弟什涅尔。

什涅尔年纪比他小，个子比他高，也是个长鼻子，是个钟表匠。其实他应该当教士，当宗教仪式上的屠夫，或者当犹太学校的老师。他很有那种研究学问的才能。可是他偏偏要当钟表匠。修钟表的本领他是怎样学到的呢？请你们且听我往下讲。

什涅尔还是个小孩子，还在小学里读书的时候，就说他的头脑被许多伟大的思想涨得慌。譬如说，他想弄清楚锁的秘密。为什么钥匙朝右转锁就会打开，朝左转就会关上？或者是钟为什么会走动？为什么总是在长针指着十二点的时候才敲钟？当他第一次看到带小鸟的挂钟，他差点儿没发疯。这钟是盖夏先生从一位退伍上校那儿得到的礼物，这位上校曾经雇他干过活。每当要敲钟的时候，小门就会自动打开，跳出一只小鸟儿，“咕——咕——咕——咕”直叫唤！小鸟儿活像只真鸟，连小猫儿也弄错了。只要小鸟儿一出来，小猫儿就凝神不动，一心一意想逮住它往嘴里送。

什涅尔对自己发誓说，他一定要把这小鸟儿的秘密弄懂。有一天家里没有人，他就从墙上拆下挂钟，拧开所有的螺丝，拖出了里面的全部家什。正好这时候他父亲回来了，把他狠狠地揍了一顿，甚至没有人指望什涅尔还能活得成。什涅尔说，直到现在他身上还有疤痕。不过他目的总算达到了——他到底成了钟表匠。我不知道他是不是最好的钟表匠，只知道他收费低廉，交件迅速。

我哥哥艾利亚在他那里修表已经修过很多次。差不多每隔两个礼拜就要修一次。他这只表古怪得不得了：一会儿快得要死，一会儿一天要慢四小时，一会儿又忽然停止——要由它兴之所至。我哥哥艾利亚本来可以去请教别的技师，可是他在他朋友皮尼亚面前不好意思。皮尼亚说，问题准是出在表身上，不能怪他叔父什涅尔，因为事情是两桩必有一桩：如果表真是一只表，那么任何钟表匠都能把它修好；如果表不是表，钟表匠又能帮什么忙？

你能说他的话不对吗？

2

我哥哥艾利亚的朋友皮尼亚头脑也挺棒，跟他的父亲技师格尔什－莱布、叔父钟表匠什涅尔一模一样。他也像他们有个长鼻子。他们都是大鼻子，一家人都如此。他们家有个克莱娜姑妈，她有个女儿叫玛尔卡。这位女儿的鼻子呀，可值得特地去看一趟。也不光是去看鼻子，还得去看看整个脸蛋儿。这脸蛋儿根本不是人的脸蛋儿，看上去像飞禽，又像怪兽。她不好意思往街上跑。真叫人可怜啊！皮尼亚就有点儿像她的样，但皮尼亚是男人，对于男人这并不十分重要。事实上他看起来也够古怪了。你看到他绝不能不发笑。他不仅又瘦又长，还有一副长耳朵，一根长颈项，跟鹅颈项一样，近视眼更是外加的名堂。他走起路来一定要跟别人相撞，停下来又准要踩在别人脚上。他的一只裤腿永远卷着，一只袜子永远耷拉着，衬衣一定敞开着，领带一定歪着。他发音不准，还爱吃零食。不论你什么时候碰到他，他嘴里总含着点儿什么玩意儿，还把嘴弄得吧嗒吧嗒响。尽管如此，他可是很有才智。世界上没有一样东西他不知道。有人说，他的学问能把教士压倒。他那一手字也写得比所有的行家都好。他不光字写得好，诗写得更妙。他把全城的人都写过了：教士，屠夫，所有的会长，大大小小的肉铺，他自己全家老小，全都被他用押韵诗写过了。他的诗传诵一时，人们笑得要死，有的人还能背出他的诗。我也记得他这么几句诗：

什穆叶尔－阿拜先生，

我们教会的会长，

肚子又大又胖。

他坐在桌子旁，

从锅子里捞东西尝——

也不管热气腾腾把手烫！

他的老婆涅哈玛，

有着虔诚的信仰，

关于她不值得多讲……

她聪明得

像我们教士家的山羊——

去他妈的这两个混账！

由于这首诗闹得满城风雨惹了事，有人还给它配了个餐前祷告的调子。于是大家就唱开了这支歌子。这歌子后来终于传进了会长和他老婆的耳朵。他们就派人去找了做父亲的技师格尔什－莱布，眼泪汪汪地盘问了他好一阵，问他儿子皮尼亚为什么要反对他们。格尔什－莱布回到家里喊来了皮尼亚，关上大门和房门，狠狠地把他揍了一顿。一直揍到皮尼亚赌咒发誓，说他只要能活着决不再作一句诗，事情才算休止。

3

从那时候起皮尼亚就不再作诗了。他已经顾不到作诗。他在谈到他自己的时候说，他碰到了倒霉事。他忽然想起要结婚了。说实在话，并不是他，而是他父亲格尔什－莱布要他结婚成家。皮尼亚讨了个磨坊老板的女儿做老婆。老丈人开了一爿面粉铺，硬要女婿也在店铺里坐坐。我哥哥艾利亚非常羡慕皮尼亚，因为现在他有了自己的行当。皮尼亚呢，笑了笑。他说，这也许是行当，可不是他的行当。跟面粉打交道，浑身弄得那么脏，他说，这算是什么正经名堂？只有粗坯才把磨面粉认为是好行当……他不能老坐在店铺里活受罪。绝对不能！他的头涨得疼，简直疼得很……他说，他们一家人都这样——大家的头都涨得慌……

他常常这样说，他说什么也不肯在店铺里坐坐。他说，

还是看书好，看书至少可以乐陶陶。他的老丈人磨坊老板很生他的气，可是又不敢吭气，生怕他把他写进诗里，除此以外，他对他女儿又十分疼爱。他就这么个独生女儿。她名字叫泰依布尔。她一只眼睛有点儿斜，可是人倒很善良。妈说她这人是菩萨心肠。

我不明白什么叫“菩萨心肠”？那她自己的心肠又弄到什么地方去了呢？她整天待在店铺里，皮尼亚却坐在家里不出场。我和我哥哥差不多每天都要到他家去逛逛。他给我们讲他那一肚子的懊丧。只要我们一到，他就唉声叹气，抱怨自己的命不好。他说，他在这里实在闷得受不了。他觉得他快要憋死了。

如果他能住到别的地方去，情形就会大不同。只要能把他从这里放出去哪怕一年，他就能闹它个地翻天！他对我哥哥艾利亚总是这么说。

他还给我们看了许多“大人物”写给他的信件。“大人物”们对他说，他肚子里很有点儿名堂。皮尼亚说，他自己也觉得他很有点儿名堂。我望着他，心里想：我的老天爷！他肚子里能有什么名堂？

4

有一天皮尼亚来到我家喊去了我哥哥艾利亚，说有件秘密事儿要告诉他。既然是秘密事儿，那我就一定得了解一下。我喜欢知道所有的秘密事儿。我跟在他们后面，偷偷地听他们讲话。一会儿皮尼亚说，一会儿我哥哥艾利亚讲。现在我照实把他们的谈话转述如下：

皮尼亚：我们干吗要老待在这地方？

艾利亚：我也这么讲。

皮尼亚：人家来信说有个人去那儿的时候是空手一双，有半年过夜总是睡在露天地上，为了吃饭干的是扫街这行当……

艾利亚：那么现在怎么样？

皮尼亚：上帝保佑，现在可比咱们俩强。

艾利亚：真是这样？

皮尼亚：当然真是这样！我干吗要对你说谎？我已经把这事儿告诉了我家婆娘。

艾利亚：那她怎么讲？

皮尼亚：她有什么话讲？她要去那地方。

艾利亚：她要去那地方？那么老丈人怎么样？

皮尼亚：谁还买他的账？如果我一个人去，难道他会过得更舒畅？他本来也知道，我不喜欢闲待着，我不能老留在这地方！

艾利亚：你以为我能留在这地方？

皮尼亚：那就正好让我们一起行动，一起离开这地方。

艾利亚：一起行动，一起离开这地方？拿什么离开这地方？

皮尼亚：你这傻瓜，船票人家可以给我们免费供应几张。

艾利亚：什么叫“免费供应几张”？

皮利亚：就是票款分期清偿。总有一天我们可以还光。目前我们先把免费船票弄到手再讲。

艾利亚：可是上船以前怎么办？还有各种开支、票子，花在铁路上。

皮尼亚：你这怪人，票子我们一共要几张？

艾利亚：那你自己说要几张？

皮尼亚：你数着，我和我的泰依布尔——两张，你和你的布罗哈——两张。也就是说，四张。

艾利亚：还有妈妈……五张。

皮尼亚：就算五张。

艾利亚：还有莫吐儿呢？

皮尼亚：他最多只要半张。也许还要不了半张……我们可以说，他三岁还没上……

艾利亚：你是不是神经有点儿失常？

我该怎么办呢？我实在忍不住了。我高兴得尖声直叫。他们俩回过头来对我说："滚开点儿，淘气鬼！偷听大人谈话，这是什么行为？"

我连跑带跳拍着大腿跑开了。这可不是闹着玩的——我要旅行了。轮船……火车！票子……半票……我们是要到哪儿去旅行啊？不过这对我有什么大不了？到哪儿对我还不都是一样好？我能旅行——这就够了！你们知道我要告诉你们什么吗？如果好好计算一下，我这一生还没有去任何地方旅行过。我甚至还不知道旅行是什么味道。说起来，有一回我也尝过旅行的甜头。我骑在我们邻居家的山羊身上旅行过一趟……我付出的代价可非常之大！除了摔倒、摔破鼻子以外，我还挨了好几记耳光。因此，我没有把这一回算在旅行账上。

一整天我都糊里糊涂，胃口毫无。夜里也净是做的旅行梦。我甚至不是在地面上旅行，而是飞行在空中！我像鸽子一样长了两只翅膀，一个劲儿在空中飞翔。愿我们的朋友皮尼亚万寿无疆！我觉得他比以前好了一千倍以上。如果不是我怕难为情，我真要狠狠地跟他亲一亲。皮尼亚真是个了不起的好人！我不是早对你们讲过吗，他会想出美妙的主张！

第十二章 我们要到美国去了！

1

好啊，我们要到美国去了！这美国，它在哪儿？我不知道。我只知道它远得很，远得不得了！要走很久很久才能到。到了以后先到“哈尔登堡”。在这“哈尔登堡”，要把你的衣服脱掉，把你的眼睛看了又看，瞧了又瞧。如果眼睛健康——那没有话讲。如果眼睛不好——对不起，得请你往回跑！我的眼睛似乎相当好。只有一回我的眼睛弄得很糟糕。有一天学校里的孩子们抓住我，把我推倒，硬拿鼻烟往我眼里倒。嘿，我哥哥艾利亚可把他们揍狠了！现在我的眼睛明亮得跟水晶一样。可是我妈妈，你也知道，情形就坏多了。这是我哥哥艾利亚这么说。可这又是谁的过错？她不分昼夜地哭。自从父亲去世以后，她哭哭啼啼没有停止过。

“你看在上帝的面上吧！”哥哥艾利亚说，“你就一点也不可怜我们！因为你我们得往回跑，这已经注定了！”

“你这傻孩子！”妈妈回答说，“难道是我要哭吗？自然而然就会哭起来，这完全不由我做主！”

妈用围裙擦了擦眼睛便动手收拾铺盖和枕头。所有的枕头都得重装过。美国没有枕头。那儿样样都有，就是没有枕头。那儿的人怎么睡觉呢，我弄不清楚。他们的头一定很难受。我嫂嫂布罗哈在帮妈把羽毛倒来倒去。谢天谢地，我们的枕头可相当多。三个大羽毛褥，六个大枕头，四个小枕头。小枕头叫“玲珑枕头”。妈把它们并成了一个。我最喜欢小枕头。早晨有时候我拿它们耍着玩，把它们做成三角饼、大帽子……

“上帝保佑，等我们平安到达那里以后，再分装成小枕头。”

妈对我和我嫂嫂布罗哈这么说，她是叫我嫂嫂也要这么做。布罗哈便照办不误，虽然这次旅行她并不喜欢。她舍不得离开她的父母。她说，如果去年有人说她要到美国去，那她准会把唾沫往他眼里吐。

“如果去年有人说我要做寡妇……”我妈妈说，还没说完就呜呜哭。

我哥哥艾利亚看到这情形大声叫着说：“又哭啦？我看你这是存心想要我们的命吧？！”

2

就在这时候偏偏又来了我们家的邻居彼西亚。她看见我们在装枕头就站下来倾吐衷肠，哭哭啼啼直数落：“你们这是要到美国去了吧？祝你们一路通畅，安家顺当。当然啰，这还要看上帝的意思怎么样……去年我有个亲戚也去了，她名叫李芙尔，还带了她丈夫基列一起去。她写信来说，他们在受苦，不过生活总算还能对付着过……不管怎么求他们，要他们好好谈点儿情况：是怎么过的，过得怎么样？可他们总是回答一句话：美国是个对一切人都开放的国家。每个人都要受点苦，但总能把日子勉强打发过……你爱怎么理解就怎么理解吧……还好他们总算来了信。起初他们根本不写信，好像已经把我们忘得干干净净。我们以为他们是掉在海里淹死了。直到后来，不知过了多少时间，才传来消息说，谢天谢地，他们已经到了美国。正在受苦受难，创造生活……你们说说，弄得这样一塌糊涂，要把生活全改过，要装过大小枕头，要远渡重洋，这犯得着吗？”

“您倒说说看，您还能不能不再哭哭啼啼来麻烦我们？”我哥哥艾利亚冲着她不客气地说，刚说完就遭到了她的反驳。

“麻烦你们？你瞧，出了个多聪明的人！他竟要到美国去受苦受难，创造生活！我把你抱在手上，哄你，逗你玩儿，难道是很久的事了吗？你去问问你妈妈，有一回礼拜五晚上，你吃鱼吞进了一根鱼骨头，我为你是多么担惊受怕！要不是我当时从后面捏你两三把，你现在就不会到美国去受苦受难，‘创造生活’啦……”

我们家邻居彼西亚还想一个劲地往下讲。幸亏来了我妈妈，她好声好气地一再请求她：“我求求您，彼西亚，我的好姐姐，好人儿，愿上帝保佑您长命百岁吧！”

妈妈再也说不下去了，她眼泪汪汪又哭了一场。我哥哥艾利亚看见妈妈眼泪汪汪，立刻火冒三丈。他丢下了手里的活儿，冲到门外，把门关得砰砰响：“这真是见鬼一样！”

3

我们家里已经是空空荡荡——乱七八糟。妈妈房间里堆满了装着枕头和羽毛褥的包袱。这些包袱堆得差不多有天花板高。家里没有人的时候，我就爬到包袱堆顶上往下滑，好像坐滑梯。我觉得我从来还没有像现在这样快活过。准备工作早已经做完了。我哥哥艾利亚从市场上带回来一点鱼干，我们就拿它烧葱吃。鱼干烧葱——还有什么东西能比它味道更好！我们的朋友皮尼亚也和我们一起吃。他这人什么也不经心，脑子里一天到晚有事情……自从我们准备动身到美国去，他就简直昏了头。这是我妈妈这么说。他的一只裤腿卷着，一只袜子耷拉着，领带差一点弄到了背上。每次他到我们家来的时候，总要把脑门儿碰在门框上。妈对他总是一句老话："你得瞧瞧你多大个儿。也该弯弯腰呀。"

"他是个近视眼！"我哥哥艾利亚替他解释说，说完两个人就一块儿出门去办理卖我们家房屋的事情去了。卖房屋得在合同上签上字才行。我们已经早把我们家那几间房卖掉了。是裁缝齐利亚买去的。说说倒便当——买去的。这裁缝买房子可费事了！这裁缝齐利亚真叫人讨厌！为了看我们家房子，开头的时候，他是一个人一天到我们家来三次。闻闻墙壁，摸摸烟囱，还要爬上阁楼看看屋顶管不管用。后来他又带来了他的老婆。他的老婆叫美尼。只要我一看到她，我

就忍不住要发笑。我们邻居家的小牛也叫美尼。两个“美尼”一样的面孔。小牛是白嘴脸、圆眼睛，裁缝老婆的模样也跟它相同……后来齐利亚又常领些内行来看房子。其中绝大多数是裁缝。他们每个人都要在我们家房子上找出点儿漏洞。最后还决定要领来皮尼亚的父亲技师格尔什－莱布。技师格尔什－莱布是个房屋专家，为人诚实可靠，完全可以信得过他。他从四面八方察看了我们家那几间房，看完就把头往后一仰，把帽子推到后脑勺上，摸摸胡子说：“这房子，不吹牛，少说也能支持一百年！”

“当然啰！”有个被裁缝齐利亚请来的内行打断他说，“只不过得把砖头重砌过，得用两根结实的木料撑起来，得筑上四堵新墙壁，盖上一个铁屋顶——这样修过以后就准能支持到救世主再次降临！”

就是把技师格尔什－莱布亲娘老子地骂一顿，或者用开水浇他一身，我看，他也不会火得这么狠。他只想知道一点：这个赖裁缝，这个小偷、滑头，怎么敢这么无礼，跟他格尔什－莱布讲话，竟敢用这样的腔调，这样的字眼，这样的语言，这样的措辞？！

我是空欢喜，我本来以为就要打架了。可是就在这时候来了许多人（前前后后，不知从哪儿忽然来了这么多人），把他们拉开，要他们和解，接着就开始讲价钱。价钱终于讲妥了，就派人去买来了一瓶伏特加，为房屋成交大喝了一顿。大家都来祝贺我们，祝我们一路顺风，平安抵达，万事如意，财源茂盛，顺利归来……

“别胡说了！从美国可不会那么快回来！”我哥哥艾利亚说。

于是话题就转到了美国。技师格尔什－莱布甚至毫不怀疑我们一定会回来——为了他这番好意，得送他黄金一块……他说，要不是有人号召，他绝不让他儿子皮尼亚往美国跑。他说，美国算个屁！裁缝齐利亚这时候打了个招呼问道：“为什么美国算个屁？”格尔什－莱布回答说：“因为美国是个卑鄙下流的国家！”这时候齐利亚又请他不要见怪，要他再解释一下，他格尔什－莱布是从哪儿知道的“美国是个卑鄙下流的国家”？格尔什－莱布回答说，这是他自己脑子里这么想。齐利亚要求他把这一点也解释一下。格尔什－莱布于是便支支吾吾说了许多解释的话。可是前言不搭后语，因为他已经有点儿醉醺醺的了。大家都已经喝醉了。大家都感觉非常好。我的感觉也好极了。只有妈妈一个人老是用围裙捂住脸擦眼泪。我哥哥艾利亚望着她，轻轻地说：“真是害人精！你就不可怜可怜你的眼睛！你是非害死我们不行！”

4

现在又来了告别这一套。我们一家家去告别。所有的亲戚、邻居、朋友家都已经去过了。我们那亲家还设了午宴，请来了所有的亲戚，把啤酒送到桌前。我和我嫂嫂的妹妹被单独安排在一边。我嫂嫂的妹妹叫阿尔达。我好像已经讲过她的事情。她比我大一岁，梳两条小辫子，活像绞起来的面包圈。有人曾经给我们提过亲。自从那时候起，只要我们在一块儿，就有人叫我们“小两口儿”。尽管这样，我们俩在一起讲话可绝没有难为情的感觉。她问我想不想她？我当然想她！她又问我从美国写不写信给她？写呀，那还有什么话讲！

“你可怎么写呀？你不是不会写吗？”

“你以为在美国学会写信是大事儿吗？”我把两只手往口袋里一插，说。

阿尔达望着我笑笑。我知道她为什么笑，她是硬装出不在乎。她羡慕我能到外国去旅行，她却不能。大家全都羡慕我。连财主约夏的宝贝儿子斜眼根涅赫也羡慕我，这家伙恨不得能用一瓢水来淹死我！他拦住我，眨着他那只斜眼说：

"你听着！你到美国去吗？"

"对！我到美国去。"

"你到那儿去干什么？讨饭吗？"

算他运气好，这时候我哥哥艾利亚没来到。要不他一定会让他瞧瞧，说"讨饭"这两个字是什么味道！不过我不想同这种二流子多打交道。我只是向他伸伸舌头，一溜烟跑到邻居彼西亚家，跟她家那大队人马告别去了。"人马"的规模相当大——有一回我已经讲过。弟兄八人——一个紧挨着一个。他们一下子把我围起来，问我到美国去痛快不痛快？这也算问题吗？他们当然都非常羡慕我。格尔什最羡慕，他外号叫肉瘤，因为他脑门上长着个大瘤。他目不转睛地望着我，叹了口气说："哟，你可要见世面了！"

对！我就要见世面了！可是这一天我已经盼了多久啊！

5

莱赛尔已经赶来了他的"小飞马"。马车由三匹火红的马拉着！马不肯站定在一个地方，一会儿换脚，一会儿顿脚，一会又打响鼻，把唾沫直喷到我脸上。我不知道先干什么好：是先看马呢，还是先去帮着搬包袱。其实两件事我能同时都办到，我可以站在马旁边，看着别人搬枕头和包袱。车子上装满了枕头和包袱。枕头和羽毛褥像山一样高。该坐上车出发了。铁路线我们要走四十五俄里才能到。全都到齐了。我，我哥哥艾利亚，我嫂嫂布罗哈，我们的朋友皮尼亚，他的老婆泰依布尔，还有他们那一大帮：皮尼亚的父亲——技师格尔什－莱布，钟表匠什涅尔，皮尼亚的丈人、丈母娘——磨坊老板和老板娘，克莱娜姑妈的女儿——这位是一脸的鸟兽相。连老祖父盖夏先生也来了，他来是为了跟孙子皮尼亚说几句告别的话，告诉他在美国应该处世为人应该怎么样。我们的亲戚当中只来了姚纳面包师和他的几个儿子。可惜直到现在我还没有把他们介绍给大家。现在已经不是时候了，我们要到美国去了。大家都忙得团团转，大家都望着我们，还提醒我们防小偷要特别谨慎。

“美国根本没有小偷！”我哥哥艾利亚一面说，一面摸了摸口袋。这口袋妈给他钉在这么个地方，世界上没有一个小偷会想到那地方有口袋钉着。我们卖房子的钱全都放在那儿。看得出，那里面的数目相当大，因为大家都问，钱藏好了没有？

“藏好了！藏好了！请放心吧！”我哥哥艾利亚说。

向每个人报告钱的事儿他已经报告够了。大家都说，告别的时刻到了。一切都已准备停当。可是一看，妈不见了！妈到哪儿去啦？谁也不知道。我哥哥艾利亚着了慌。我们的朋友皮尼亚已经干脆把领带丢得不知去向。莱赛尔一个劲儿催得慌。他说，我们可能要赶不上火车了。

别吵，别闹！妈现在来了。她满脸通红，眼睛又红又肿。我哥哥艾利亚冲着她直嚷："你怎么啦？你上哪儿去啦？"

"到墓地去了。去跟你爸爸告别一下……"

哥哥听了把头一扭。大家都站着一声不响。自从我们准备动身到美国去，我还是第一次想起爸爸，心里挺难受。我想："大家都到美国去了，只有可怜的爸爸留在这儿，孤零零地留在墓地上……"

可是人们不让我多想。他们向我大叫大嚷，叫我赶快爬到车上。可我又怎样才能爬到这枕头山上？说起来还是有法可想：莱赛尔可以给我提供他那副宽肩膀。突然间，人们相互亲吻，一片哭声，比犹太哀悼日[1]还闹得狠。哭得最厉害的是妈妈。她扑过去抱住我们邻居彼西亚的脖子说："你是我的亲姐姐，甚至比亲姐姐还亲！"彼西亚哭得呜呜咽咽，只见她

[1] 指犹太历阿布月（公历7月~8月间）初九。据说在这一天耶路撒冷圣殿被毁，犹太人为此极为悲痛。——译者注

那胖下巴抖个不停，油光光的面颊上还滚动着豌豆般大的眼泪。除了皮尼亚，大家都已经相互吻过了。看皮尼亚亲吻比看什么戏都有趣。因为近视眼，他怎么也吻不到应该吻的地方。要不就是吻到胡子上，要不就是吻到鼻尖上，要不就是脑门儿碰脑门儿。除此以外，他走起路来还有一副派头：一条腿老是往另一条腿上勾。请你们相信我的话，看了这皮尼亚你非笑死不可。

谢天谢地，大家都已经来到车里。说得准确些，是爬到了车上。在枕头堆顶上，在那枕头堆当中，坐着妈妈、布罗哈和泰依布尔。另一边坐着我哥哥艾利亚和我们的朋友皮尼亚。我和莱赛尔坐在赶车的地方。尽管妈妈希望我坐在她身旁，可是我哥哥艾利亚说，我最好还是坐在赶车的地方。当然啰，最好坐在赶车的地方！在赶车的地方我可以看到整个世界，整个世界也可以把我看得清清爽爽！莱赛尔拿起了他的马鞭子。临别的话儿简直说不完。娘儿们眼泪直淌。

“再见吧！”

“祝你们一路平安！”

“千万要写信来！”

“愿你们幸福！”

“可别忘记我们！”

“要每礼拜都写信来！看在上帝的面上，要每礼拜都写信来！”

“请代向莫依施、芭莎、美叶尔、兹拉塔、哈娜－彼耳尔、索娜－罗赫尔和他们的孩子们致意！”

“谢谢，谢谢！祝你们身体健康，祝你们身体健康！”

我们大家都这样大声说——现在我可以发誓，我们真的上路了！

莱赛尔像模像样地把他的“小飞马”抽了一鞭子。有一匹还额外挨了一下鞭把子。车轮转起来了。我们摇摇晃晃，颠颠簸簸。我在赶车的地方猛地跳起来，高兴得差点儿滚到车底下。

喉咙里痒得慌。真想唱歌。我们动身啦，动身到美国去啦！

第十三章
我们偷越国境

1

乘火车旅行最痛快！坐马车也不坏，只是一路上颠簸，腰疼得太厉害。莱赛尔的马虽然飞得和老鹰一样快，可是到站以后我们还是耽搁了很多时间。到了站都没法爬下来。只有我最容易下来，因为我是跟赶马的莱赛尔坐在一块儿。尽管座位硬得很，尽管浑身骨头疼，可是我却能够一眨眼就跳下来。他们要跳却没有办法。你可知道是哪些人，是我哥哥艾利亚，我嫂嫂布罗哈，我们的朋友皮尼亚和他的老婆泰依布尔，还有我妈妈。最糟糕的是娘儿们。她们坐的地方都陷成了坑！只有先把所有的包袱所有的铺盖都卸下来，才能把我们的娘儿们一个个拖出来。这一切都由莱赛尔一人包办。

他虽然脾气大，爱骂人，而且骂得很厉害，但人倒不坏，马车夫也当得诚实正派。遗憾的是，他把我们和包袱往车站上一扔，就自管自去找回头的客人了。没有他我们就好像置身于茫茫大海。首先是车站上的家伙给我们带来了很多麻烦。他跟我们纠缠是因为我们包裹太多。其实不光因为包裹，还因为带了铺盖。我们多带几个枕头，他也当大事对待！妈妈想跟他好好谈谈，告诉他我们是到美国去。可是他蛮不讲理，把我们送到了一个我也羞于说出的去处。

“应该跟他打打交道，给他一点钞票……”我哥哥艾利亚对我们的朋友皮尼亚说。

皮尼亚是我们的队长、我们的头儿。他俄语说得很好。坏只坏在他脾气太急躁。我哥哥艾利亚也挺喜欢争吵，可是他脾气还没有皮尼亚那么急躁。皮尼亚立刻火气直冒，破口骂开了。他走到那家伙跟前，用俄语跟他说了半天。现在我把他用俄语说的话照实转述如下：

“你挺（听）着，你这家货（伙）！跟见龟（鬼）差不多，我们到美国去多逮（带）点大小镇（枕）头，给你点儿钱哈（喝）酒，你就少啰唆，你这猪猡！”

那家伙当然也不肯罢休。他也把他骂了个够，“犹太瘪

三”“狗嘴脸”“猪耳朵”“信的教又脏又臭”……各种骂法都有。

我们怕惹来警察，怕出丑。妈妈使劲把胳膊弯向背后，哭哭啼啼地对皮尼亚说：“是谁让你乱嚼舌头，乱逞能的？”

“您别担心！他有半个卢布到手就什么事也没有了！”

后来真的什么事也没有了。可皮尼亚还是用俄语说个不休。那家伙也骂不绝口，但一面却把全部包裹全部枕头一批一批地往那装着长窗户、名叫“车站”的大房子里拖。不过事情远还只是个开头。怎么回事呢？那家伙说，带这么多枕头和破布头我们一定上不了车（破布头，他指的一定是被子，因为被里有点儿破了，棉絮露在外头——可这对他来说已经是破布头）。我们决定去见他们的站长。谁去呢？当然是皮尼亚！于是皮尼亚和那家伙一块儿去见站长。我在他们后面跟着。皮尼亚跟站长讲话完全是另一种模样，他已经不发火了，他一面说一面挥着手。他说的都是些奇怪的字眼儿，我还从来没有听说过，什么“哥伦布”“文明”“亚历山大·洪堡”“数学”。其他的字眼儿我已经忘记了。站长听着他讲，望着他一声不响。皮尼亚算是狠狠地教训了他一顿！可是就这样也不能帮忙。只好把所有的铺盖都送到行李房，领来行李票一张。这一来妈可着急了：我们可怎么睡觉呀？

2

妈妈是白着急了：我们哪儿还能睡觉？火车里根本睡不成觉！能有个地方坐坐就是好事了。好像故意跟我们作对，车厢里挤得能憋死人。除了我们，还有许多乘客，犹太人和俄罗斯人，大家都在为座位你夺我争。因为寄行李我们来晚了，所有的好座位都已经被人占了。好容易才把我们的娘儿们和包袱在地板上安排好。妈妈被安排在车厢的这一边，布罗哈和泰依布尔被安排在那一头。她们要谈话就得朝着全车厢的人叫嚷。乘客们都笑话我们。我哥哥艾利亚和我们的朋友皮尼亚似乎还没有着落——正处在进退两难之中。皮尼亚是个大瞎眼，他的脑门儿动不动就会碰在什么东西上。可是我呢？你们就不用为我担心啦。我很好。真是好极了！尽管四面八方都有人来挤我，可我却是站在车窗口。我看到的东西你们当然一辈子也没有看到过。房屋、里程标、树木、人、田野、森林飞快地在我眼前掠过——这我可没法叙述。火车飞一样地奔跑！车轮咕隆——咕隆！汽笛呜——呜——呜！妈怕我栽到窗外去，老是“莫吐儿！莫吐儿！”地叫我。有个戴蓝眼镜的老爷也学她的样，跟着她“莫吐儿！莫吐儿！”地直叫唤。

旅客们在发笑。只有犹太人装作没听到。妈妈根本不加计较，她还是“莫吐儿！莫吐儿！”地直叫。是怎么回事呢？是她要我吃东西了。我们带的东西可真不少：萝卜、葱、蒜、嫩黄瓜、熟鸡子儿——鸡子儿是每人一个。我已经很久没有吃得这样痛快了。虽然说，皮尼亚有点儿妨碍我们进餐。他决心要为犹太人辩护。乘客们笑我们吃葱吃蒜，这使他非常恼火。他挺直身子，用他那“俄语”对那戴蓝眼镜的老爷说：

“你们吃什么，你这猪猡？”

这当然得罪了我们的旅伴。他们当中有个人立刻站起来顺手就给了我们的皮尼亚一个大耳光——打得又脆又响！我们的皮尼亚不喜欢隔夜还账。他要加倍奉还才肯收场。可是由于眼瞎却打在别人脸上……幸好这时候来了列车员和列车长。一阵慌乱，一片喧嚷……人人都有话讲，犹太人告俄罗斯人的状。有个人的脚指头被人用手提箱压伤，另外一个人的帽子也被人摘下来扔出了车窗。俄罗斯人大叫大嚷：“胡说八道！造谣中伤！”犹太人却一股脑儿都推在见证人身上。有个见证人是神父。神父绝不会说谎。旅客们说是犹太人买通了他。神父只好做起冗长的布道演讲。他演讲起来没完没了，火车竟过了好几站了。每到一站都有旅客下车。车厢里也就愈来愈空。我们的娘儿们已经像太太们一样，拿着自己的包袱坐在椅子上。我哥哥艾利亚和我们的朋友皮尼亚高兴得不得了，他们也坐到了最好的位子上。直到这时候泰依布尔才发觉，她丈夫的腮帮儿肿得老大，上面还有几条手指印儿。泰依布尔伤心透了，她觉得她丈夫太可怜了。可是皮尼亚发誓说，他什么也没有感觉到，只是腮帮儿有点儿火辣辣的罢了。过一会儿就会好的！他不喜欢老讲这一套。他跟车厢里剩下的旅客们攀谈，问他们都上哪儿去。原来他们当中有很多人也是到美国去。这可使我们太高兴了。

“哪能呢！你们怎么到现在都不声不响？要晓得我们也是到美国去！”

这是皮尼亚这么说，后来我们也和大家熟识了，知道了他们都是些什么人，从哪儿来，到哪儿去。

“你们到纽约，我们是到费拉德尔菲亚[1]！”

[1] 费拉德尔菲亚，即费城。——编者注

“费拉德尔菲亚是什么地方？”

“也是个城市。像纽约一样。”

“这可未必吧！拿费拉德尔菲亚比纽约，那就等于拿艾希什基比维尔诺，拿德拉日尼亚比敖德萨，拿奥特沃茨克比华

沙，拿谢苗诺夫卡比彼得堡，拿科泽列茨比哈尔科夫……”

“嘿，您可全世界都到过了……”

“我要是能全到过就好啦……如果您想知道，我可以把我到过的城市都向您报一报……”

“这留到下次再报吧。现在您最好还是谈谈，过国境线时我该怎么办？”

“您就和我们，和其他所有的人一样办好了……”

这时候旅伴们坐得更靠拢了，他们谈起了“偷越国境”的事。我怎么也弄不懂什么叫“偷越国境”，可又没人可问。妈妈是女人。女人又能知道什么？我哥哥艾利亚不喜欢别人让他伤脑筋。他说，像我这样的小孩子不应该多管大人的事。皮尼亚呢，忙得很。他在高谈阔论。大家都说最好在诺沃谢利策越境。可是有一位却挺有把握地说，最可靠的地方是布罗德。就在这时候忽然又插进了第三者，他说温格内也不坏。这可使大家都把他当成了笑柄：温格内竟也是国境！罗马尼亚[1]竟也是国家！这样的国家，这样的国境，还是见他的鬼去吧！

你们轻点儿！我们已经到了国境线上啦！

[1] 罗马尼亚于1918年成为统一的民族国家，在本书设定的时代尚未统一。——编者注

3

“国境线”！我还以为它是个特别的地方。原来也没有什么特别：人物都和我们那儿的一模一样。甚至于那摆满箱箱柜柜的市场也和我们那儿的相像。我嫂嫂布罗哈和我们朋友皮尼亚的老婆泰依布尔要到市场上去买东西。我想跟她们一起去，可是妈妈连一分钟也不让我离开她：好像怕我在国境线上被人偷去一样。艾利亚哥哥和皮尼亚都不在身旁。他们跟几个我不认识的生人在逛荡。妈妈说，这些都是代理人。代理人要带领我们偷越国境。其中有一个，一眼就看出是个骗子手：绿上衣，白阳伞，还有一双贼溜溜的眼睛。另一个，看得出是规矩人——是个戴礼帽的先生。除此以外，还有个女人跟着他们。这女人一定是个笃信宗教的老实人。她照犹太教的老规矩戴着假头发，说起话来还总不离上帝两个字。她问我妈妈，如果我们在这儿过安息日，她将在什么地方朝着点亮的蜡烛念祷告文。妈妈回答她说，我们绝不会在这儿逗留到安息日。她说，靠上帝帮忙，到安息日我们已经到了那边啦。那女人装得非常恭顺，嘴里说了声：“请上帝保佑，阿门！”她还担心别人欺骗我们，说跟我们接头的那几个代理人都是小偷、坏人。她说，他们骗了我们的钱，就会把我们不知往哪儿胡领一阵。如果我们要悄悄地越过国境，得靠她帮忙才行，那样，一切就会又稳妥又安宁……这是怎么回事？难道她干的也是这种事？那她干吗还戴假头发，说起话来还总带上帝两个字？

这时候我哥哥艾利亚和我们的朋友皮尼亚回来了。两个人都很不高兴。看得出他们已经吵过一阵。他们俩怪来怪去，口口声声说，是由于对方，我们才非得在这儿耽搁到安息日不可。这倒还没有什么大不了——可我们听说，两个代理人吹牛，他们要去告发我们是偷越国境的人。就这么一来，我妈妈已经泣不成声。妈这样糟蹋自己的眼睛，我哥哥艾利亚对她很生气。他说，人家会因为她那双眼睛，不让我们大家进入美国国境！艾利亚和皮尼亚已经不再和代理人谈话。他们扬言："算了，算了！我们不去美国也不偷越国境了！"这可真叫我伤心。我还以为他们说的是实情。原来这只是皮尼亚为了转移视线乱弹琴！他们故意这样说是为了摆脱那两个代理人。我们开始同那戴假发的女人讲价钱。她拿了定洋，关照我们要在今天半夜以前准备好越境。现在夜里漆黑一片。正逢月底，偷越国境是最好的时机。我真想见识见识，到底什么是"国境线"，我们又怎样"偷越国境"？

4

我们一整天都和东西打交道，要把所有的东西都包装好，往这女人手里交。东西由她以后负责运到。她说，人对她来说最重要！她告诉了我们行动的诀窍，半夜一到，我们就得往城外跑。她说，那儿有座小山不怎么高。绕过这小山向左跑，跑呀跑呀，第二座小山很快就能跑到。从这第二座小山向右拐个弯儿，再一直跑到一家小酒铺。往这小酒铺里只能进去一个人，全进去不好。在那儿，她说，我们可以找到两个坐在桌旁喝酒的乡下佬。只要走到他们跟前说一声“哈依莫娃”就够了。他们一听到“哈依莫娃”这几个字（这是她的名字），就会站起来领着我们往小树林里跑。那小树林里等着我们的还有四个乡下佬。在树林里走路，她说，要不出声，静悄悄，免得被人听到，打起枪来那可糟糕。她说，那儿每一步都有士兵站岗放哨……乡下佬会把我们带出树林，带上山下的大道，那时候我们就到了那边了……

我很喜欢小山、小酒铺、小树林这一套。妈妈可害怕了。布罗哈和泰依布尔也受不了。我们就跟她们开玩笑。大家都知道，娘儿们甚至还怕小猫！

好容易才等到夜里。做过祷告，吃过晚饭，一直等到天黑透了。正巧十二点，我们六个人便一起上路了。我们男子汉在前面走。娘儿们当然跟在我们后头。那女人说的都很对头，城外我们看到了一座小山不怎么高，拐过它向左跑，跑呀跑呀，第二座小山我们又看到了。绕过这第二座小山向右一直跑，就跑到小酒铺了，这也早已和我们说好。酒铺里只进去一个人。谁？当然是皮尼亚了。半小时，一小时，两小时等过去了，可还是不见皮尼亚回来报告！娘儿们说，得去瞧瞧皮尼亚弄到哪儿去了。谁去呢？轮到我哥哥艾利亚了。可是妈妈不让他去瞧。

“那么我去瞧！”我自告奋勇。

可是妈妈说她害怕得不得了。

“慢着！皮尼亚回来了。”

“你这半天跑到哪儿去了？”

“泡在小酒铺里了。”

“哪儿有乡下佬？”

“都睡着了。”

“你怎么不把他们叫一叫？”

“你们怎么知道我没叫？”

“你为什么不对他们说‘哈依莫娃’这暗号？”

“你们怎么知道我没说这暗号？”

“那是怎么了？”

“有什么怎么了！”

“那这样事情不是很糟糕吗？”

“难道谁还说这样好？”

……

5

我哥哥艾利亚真聪明！他提议两个人一起到小酒铺里，再想想办法把乡下佬叫醒。真的，不到半小时，我们看见他们带来了两个乡下佬，他们还没有睡醒，还有点儿醉醺醺，嘴里呸呸吐吐，骂个不停。“见鬼”这两个字重复了总有一百次。我觉得我们的娘儿们已经有点儿胆战心惊。我这样感觉，是因为她们老是唉声叹气，哼哼唧唧，妈更是每分钟都在默念“上帝”。她害怕声响。我们呢，一句话也不讲。我们走啊走啊，可是没有见到另外四个乡下佬。他们到底在什么地方啊？

忽然间，领路的两个乡下佬站住了，他们要我们说出我们身边有多少钞票。这一吓，我们可什么话也说不出了。还是妈妈出来说了一句：我们没有钞票。可是他们回答说："撒谎！所有的犹太人都有钞票！"就在这时候，他们拔出了两把长刀，把刀凑到我们的脸上说："你们不交出全部财宝，就把你们宰掉！"

大家都站着一声不响，哆嗦得像可怜的山羊。这时候妈妈对我哥哥艾利亚说，还是拆开口袋把钱交出去算啦（就是交出我们卖掉那几间房得到的全部家当）。可是就在这当口，我嫂嫂布罗哈忽然昏倒了。看见布罗哈昏倒了，我妈妈又叫又闹，泰依布尔看着她也吵得不可开交……

突然间，嗒——嗒——嗒一阵枪响！回声在满树林里震荡。两个乡下佬已经不知去向，好像钻进了地里一样。布罗哈倒醒过来了。妈妈一手拉住我，一手拉住我哥哥艾利亚。

"孩子！快跑吧！上帝保佑我们哪！"

我不知道她哪儿来这么多的力气能这样长时间地奔跑。我们老是被树绊倒，绊倒了爬起来再继续跑。每一次妈一转过身，总要低低地问一问："皮尼亚，跑得动吗？布罗哈，跑得动吗？泰依布尔，跑得动吗？快跑呀，快跑呀！上帝保佑我们哪！"

我们这样跑了多久，我可没法对你们说。树林我们早已跑过了。天已经亮起来。微风吹得挺凉快。可我们却热极了！忽然在我们眼前出现了一条条街道，出现了白色的教堂，出现了菜园、院子和小房子。看得出，这就是那女人对我们说起过的那个小镇。这么说，我们已经“到了那边了”！我们遇到了一个长鬓发的犹太人，他那长鬓发我这一辈子还从来没见过。他穿的衣裳又破又长，还有条绿围巾围在脖子上。他牵着一头山羊。我们喊住他，跟他打招呼。他把我们从头看到脚。皮尼亚已经跟他搭上了腔。牵山羊的犹太人说起话来可有点儿异样：说的倒是我们的话，可老是把“o”读成“a”。皮尼亚问他离国境线还远不远了？那一位却神情惊讶地望着他：“离什么国境线呀？”

这可真是趣事儿！原来我们早已到了那边了，离国境线已经很远了。

“既然这样，我们干吗还跑得跟疯子一样？”

我们大家都笑得前合后仰。娘儿们笑得差点儿跌倒在地上。只有妈把双手伸向天上说：“谢谢你，上帝！”

说完就大哭了一场。

第十四章
我们已经到了布罗德

1

你们可知道我们到了哪儿了？我们已经到了布罗德！我觉得我们离美国已经不远了。布罗德这城市真漂亮！这儿的街道和人都和我们那儿的完全不一样。甚至这儿的犹太人也有点儿两样。说起来也没有什么大两样，只是他们的鬓发比我们的长，穿的衣裳差点儿没拖在地上，帽子、腰带、鞋子、袜子都是怪模怪样。娘儿们呢，总有假头发戴在头上。说的话简直不知道是什么名堂！这叫作“德国话”，和我们说的完全不一样。字眼儿倒也没有什么不一样，只是老要把“o”说成“a”。他们说话呀，就像歌唱，就像整天在念《摩西五经》一样。我们立刻学会了这种怪腔。我们的朋友皮尼亚第一个模仿。他差不多在我们到达的第一天就说起了德国话。这对他很便当，因为德国话他在家里的时候就已经学着讲。我哥哥艾利亚说，他虽然没学过德国话，可是他懂得不比皮尼亚少。我竖着耳朵听人家讲德国话，一面听一面学。在别人的国家里一定要懂得人家说的话。皮尼亚老是这样讲。他老婆泰依布尔说起话来已经是一半德国话，一半犹太话。我嫂嫂布罗哈也不反对讲德国话，可是她不会讲，真是一副可怜相。她的脑袋瓜子不灵光！我妈妈连听也不要听德国话。她说，她讲话还是要和在家时一样，为德国人弄坏舌头犯不着。她很生他们的气。她本来以为德国人都是老实人。可是事实上他们并不是什么好人。前两天她去市场，人家就克扣了她的分量：她买一磅，可是天知道给了她几两……

妈妈这样告诉我们，最后还得出了一个结论：可见德国人里也常有小偷这种人。我嫂嫂布罗哈听了她的话，涨红了脸挥着双手讲："你说常有这种人？我说小偷多得很！本领一个比一个惊人！一定得防着他们——在这儿比在我们那儿还要坏几分！在我们那儿，你至少知道，谁是小偷这号人……"

"在我们那儿，小傻瓜，凡是偷东西的人，他都会意识到自己是小偷。"

于是妈妈又讲起了希姆卡的事情。希姆卡是我们家从前的一个佣人。父亲——但愿他进入天堂——那时候还活在世上。希姆卡是个顶呱呱的姑娘，只是手脚有点儿不大清爽。只要大家都出去了，她就不肯一个人在家里待着。她怕自己会顺手牵羊捞这样或者那样……

2

德国人所有的东西都和我们的不一样。连钱币也不像我们的那样。这儿的人根本不知道什么是戈比，什么是十戈比、二十戈比的钱币。这儿的人知道的只是克里泽[1]。这儿买卖东西都用克里泽。我们的一个卢布能换一大堆这样的克里泽。妈妈认为这不是钱币，这只是纽扣而已。我哥哥艾利亚说，这玩意儿像雪一样会在手指缝里化得精光。今天他偷偷地跑到角落里，拆开口袋，拿出一个卢布，再把口袋缝上。明天他又拆开口袋，拿出一个卢布，再把口袋缝上。他天天都是这样。日子一天天地过去，我们的包裹和铺盖却还是没有下落。那个帮我们越境的女人一定是骗了我们。且不说她那帮人要在树林里杀掉我们，我们难道还非丢掉东西不成？妈妈老是为我们的东西哭闹："铺盖呀！枕头呀！我们怎么能不带铺盖，不带枕头往美国跑呀？"皮尼亚每次都能想出点儿新花样。他要把"申请书"送到铁路局，要带着"呈文"去见国境线上的长官……他要到那边去找那女人，跟她算账。他要问她："这算什么名堂？！"可是这一切都办不到。"申请书""呈文"什么忙也帮不了，泰依布尔又不让他往回跑，你给她一袋金子她也不让。她这

[1] 克里泽，旧德国辅币。——译者注

样坚决地说了。我们过国境线时的情形她记忆犹新。我们也清楚地记得那情形，逢人便讲，那女人怎样介绍她的同伙来领我们，那些人又怎样把我们带进树林，要杀掉我们。幸亏我嫂嫂布罗哈来了个昏倒的模样，我妈妈来了个大叫大嚷。哨兵们听到声音，立刻开起了枪。于是乡下佬跑掉了，我们才免得遭殃。我妈妈总是这样讲。我哥哥艾利亚讲起这故事来可稍微有点儿两样。他讲的时候布罗哈总要打断他，她要照着她那一套讲。这时候泰依布尔又要打断她，说她不知道全部事儿，因为她昏倒在地上了。泰依布尔正要开始从头讲，偏偏又插进了皮尼亚，他说，她什么都不知道呀。现在得由他把故事从开场讲到收场。每天我们就这样逢人便讲。人们一面听一面把头直摇晃，还把嘴弄得吧嗒吧嗒响，都说我们福星高照，我们得感谢命运之神才好！

3

我们在国境线这一边非常好，比在家里好多了。我们什么事也不用干，一点事也不做。我们不是待在旅馆里，就是上街去逛荡，到布罗德各处去观光。多漂亮的城市啊！我不知道我嫂嫂布罗哈为什么还要说它不好。她每天总要找点儿

刺儿挑挑。一会儿她嫌它太脏了，一会儿她又说，这儿有一股比我们那儿更臭的味道。有一天夜里她醒过来一声大叫，说她遭到攻击了！我们大家都吓得从床上往地下跳。

“谁攻击你啦？强盗吗？”

“哪儿来的强盗！是臭虫！”

早晨我们告诉了旅馆老板，可是这位老板却硬说这玩意儿他不知道。皮尼亚用德国话跟他解释了一大套。旅馆老板还是说，这玩意儿他们那儿的人绝对不知道。在他们德国人的国家里，这玩意儿根本找不到。他说，这一定是我们从家里随身带来的……这一来，布罗哈可对旅馆老板光火了！她说，他这人真叫她受不了！我不知道，这是为什么。在我看来，他非常好。说话的时候，他总要把嘴稍微咧在一边，露出点儿微笑。除此以外，他还喜欢提出忠告：该上哪儿去，跟谁买东西好，跟谁不能打交道。只要我们去买东西，他总要跟着我们一起跑。我们的朋友皮尼亚说，穿得破破烂烂的太不体面了。他说，在外乡外地要穿得像个人才好。特别是在国外，东西又便宜得不得了。这道理原是人人都知道！首先他给自己买了顶德国人戴的礼帽，买了件齐膝盖的短上袄，还买了条崭新的领带。看见皮尼亚穿着德国衣裳，能把你的力气笑光！他又瘦又长，又是个近视眼，走起路来还跳跳蹦蹦不像样。其实我们又算个什么模样！妈说，皮尼亚像个茨冈人，又像个流浪乐师。皮尼亚却说，他不知道是什么好——是茨冈人，流浪乐师，还是衣衫破烂的叫花子？他这句话就是说，我们是叫花子。我哥哥艾利亚说，如果他愿意，他也能打扮成德国佬。这没有什么大不了——花点儿钞票，糟蹋点儿卢布罢了。可卢布该省下来到美国用才好。但皮尼亚回答说，在美国根本不需要钞票。他说，在那儿我们自己就是钞票！他劝我们劝了老半天，才劝动我哥哥给自己买了礼帽和上衣，给我买了帽子和短袄。于是我们三个人就常在街上跑，德国话讲得头头是道。我相信所有的人都把我们当成德国人了。倒霉的只是，娘儿们，也就是妈妈、布罗哈和泰依布尔，总要跟着我们。她们离开我们一步也不肯。妈妈是生怕我在德国人中不见了，迷了路；布罗哈和泰依布尔呢，只不过是要像小牛一样跟着她们的丈夫。她们怕什么，我可不清楚。因为我们老是六个人一起在街上走，人家总是盯着我们瞧。大惊小怪，这又有什么大不了！

“世界上最傻的人就是德国佬！”我哥哥艾利亚说，“无论你说什么，他们都信以为真。”

“只是在钱上他们不相信任何人。他们把钱看得挺重的。为了一克里泽，他们可以出卖灵魂。为了一克朗[1]，他们可以出卖父亲。为了一盾[2]，出卖上帝也成！”

[1] 克朗，当时欧洲流通的货币之一。——编者注

[2] 盾，当时欧洲流通的货币之一。——编者注

这是布罗哈这样说，泰依布尔也随声附和。我已经对你们说过，她们三个娘儿们都不大喜欢德国人。我不知道这是为什么。我倒挺喜欢德国人，要是没有美国，我一辈子待在这儿也成。哪儿还能有像这儿的房屋？还有人！这样的好人！

人人都在做生意！连这儿的母牛也和我们那儿的不一样，说不定并不比我们那儿的聪明，可是有一股神气劲。这儿的一切看起来都是另外一种情形。可是你如果同我们的娘儿们说起，她们就一定会说我们那儿要好一些。她们不喜欢这儿的一切东西，甚至连旅馆也不喜欢。与其说不喜欢旅馆，还不如说旅馆老板使她们生气。布罗哈说，他们勒索人勒索得太狠。一杯开水都要钱，一小撮盐也不会白给。如果我们还不赶快离开这儿，那我们就只好讨饭了。

这是我嫂嫂布罗哈这么说。可是她说过的话难道还少？她说我哥哥艾利亚是“脓包”。说我们的朋友皮尼亚是什么，

那只有天知道。如果别的女人处在泰依布尔的地位，就准要给她点儿颜色瞧瞧，可是泰依布尔正像我妈妈说的那样，是菩萨心肠。她不喜欢抬杠。其实谁也不喜欢抬杠。我也一样。布罗哈非常讨厌我。她叫我“小鬼头”，又叫我“莫吐儿－嘴脸大”。她说，出门以来，我两边的脸蛋儿都吃胖了。她这话我一点也不感觉到怎么样。可是妈妈却受不了啦——她干吗要提我的脸蛋儿？妈妈又哭起来了。妈妈哭，我哥哥艾利亚最不喜欢了。他说她把眼睛糟蹋了，眼睛不好，美国可去不了。

4

我得告诉你们一个大新闻。我们的东西已经有了消息。领我们越境的那个女人被关进了监狱。皮尼亚非常高兴。他说这是她的报应。可是妈妈问：“对不起，我的东西呢？”皮尼亚自己也问：“还有我的呢？”现在我们已经肯定知道，我们的东西丢失了。这又该怎么办呢？只好继续向前跑。出路没有第二条。

我哥哥艾利亚已经变得失魂落魄。我妈妈安慰他道：“傻孩子，如果抢去了我们卖房子的钞票，再把我们杀掉，那我们又该怎么办呢？”

我们的朋友皮尼亚认为我妈妈说得对极了。他的意见是，犹太人应该永远强调：“情况越来越好！”布罗哈尖嘴薄舌地说道，她管她丈夫叫“脓包”可不是白叫的了。

说来说去，我们还是要准备上路。我们到处打听，去美国该怎么走好？人们听了都提出忠告，只是各人有各人的一套。有的说，经过巴黎好。有的说经过伦敦好。有的又说经过安特卫普要近多了。我们的头都给搞昏了，我们自己也不知道怎么好。

巴黎妈受不了，听说那儿闹极了。安特卫普不讨布罗哈的好。这地名有点儿蹊跷，她从来还没有听说过地名这样蹊跷。这样一来，只剩下伦敦了。皮尼亚说，伦敦比任何地方都好。他在地理书上读到过许多次了，伦敦这城市实在太好了。除此以外，它又是摩西·蒙特斐奥雷[1]的家乡，他说，洛希尔也是在伦敦土生土长。可是我哥哥艾利亚说：“洛希尔是在巴黎土生土长！”

这已是经常的情况：一个这样讲，另一个偏说不是这样。一个说白天，另一个一定要说黑

[1]摩西·蒙特斐奥雷（1784~1885），英国银行家，著名的慈善家和社会活动家。应沙皇政府的邀请于1846年访问俄国，得到尼古拉一世的召见，曾请求改善犹太人的法律地位。1872年再次访问俄国。在俄国犹太人中流传过许多有关他的传说。——译者注

夜。他们虽然不是吵架，但争论起来难收场。如果不把他们拉开，他们能成好几个小时地抬杠。不久以前，他们为“洋姜”在德国话里怎么讲大争了一场。一个说这在德国话里叫“赫兰”，一个坚持说，这在德国话里叫“赫朗”。一连骂了两个多小时，最后才决定去买一根洋姜，拿去给旅馆老板看看到底怎么讲。他们拿着洋姜去问老板说：“德国先生！我们有件事要请教一下。只是请您要照实讲。这玩意儿在你们的话里叫作‘赫兰’还是‘赫朗’？”

旅馆老板说：“在我们德国话里这玩意儿不叫‘赫兰’也不叫‘赫朗’，这玩意儿叫‘梅莱迪希’。”

这真是犯神经！简直是异想天开的花样……德国人偷天换日的本领真高强。说出来的话——你听是什么名堂！难怪人家要说——德国狼！

5

请你们原谅，我净讲蠢货德国人和他们那犯神经的话，倒把我们去美国的事儿全给忘记了。我们不是直接去美国，目前我们只是去伦敦。还不是直接去伦敦，而是先去利沃夫。听说利沃夫有个侨民委员会。它也许能帮我们点忙什么

的。我们和别的侨民比又有什么区别呢？何况我们还遭到这样大的损失——我们丢失了所有的包裹和行李。妈妈已经准备要到委员会的委员们面前哭诉一番。我哥哥艾利亚对她一再规劝："不要哭行不行？！要记住眼睛。没有好眼睛，美国不让我们进……"

我哥哥艾利亚这样说过以后，便去跟旅馆老板把账结清。几分钟以后他回转过来，脸色变得跟死人一样铁青。这是怎么回事儿呢？他说，老板开的账单吓得他眼前一阵昏暗。样样都得付钱。我们安息日用的蜡烛台也得付钱，他数了数，六个蜡烛台，六个克里泽。还有祷告，得付四个克里泽。什么祷告呀？原来是老板在安息日晚上做过一次祷告，我们听到了，因此我们就得付四个克里泽。

"为什么付四个克里泽？"我们问。

"要付五个吗？五个也可以呀！"这就是他的回答。

后来他在账单上又写上了"服务费"这一项。这又是什么倒霉花样？他说，他跟我们去买衣裳，我们也得付账。

我嫂嫂布罗哈听了这话，把两只手拍了一下说："婆婆呀，我不是跟您说过吗？这些德国佬比起树林里的黑强盗，难道不是更糟糕？我们那儿的流氓比起他们来，难道还不是规矩人？您说我们是到了布罗德吗？我们是到了所多玛[1]！”

拿德国人比流氓，这还没有拿布罗德比所多玛使旅馆老板气得狠。他着实火了一阵！他说，活该用暴行[2]来对付我们犹太人。他觉得光这样还不成。如果他是俄国的“恺撒”，他一定要下令杀光我们——杀得一个不剩！

[1] 据《圣经》记载，所多玛城的居民罪孽深重，上帝曾毁灭该城。——译者注

[2] 指俄国沙皇政府于 1905~1906 年间对犹太人采取的暴行，其目的在于镇压革命。——译者注

我好像已经告诉过你们，我们的朋友皮尼亚是个急性子的人。大家不惹他，他可以闷声不响，不说一句话。可是如果有人对他说了不对头的话，那他绝不会饶过他！这时候，皮尼亚一下子跳起来，挺直身子走到旅馆老板身旁，对着他的脸直嚷：“你这该死的德国狼！死掉你老子才没话讲！”

尽管这使我们的皮尼亚付出了很大的代价。为了这一声“德国狼”，旅馆老板打了他两记耳光，打得他眼睛里直冒金星。可是这一切都有趣得不得了。全布罗德的居民都跑来看热闹。一句话，是开心事儿。我最喜欢开心事儿。

就在那一天我们急急忙忙赶到了利沃夫。

第十五章
“克拉科夫和利沃夫”

1

你要知道，利沃夫[1]可不是布罗德。首先，就城市本身讲，便是又清洁，又宽敞，又美丽！真叫人心旷神怡。当然，在利沃夫也有像布罗德那样的街道，夏天打那儿走过，得穿上长筒胶靴，捂住鼻子才行。可是市中心却有个大花园，人人都准许在那儿散步，连山羊也受到欢迎。多自由的地方啊！安息日，犹太人在所有的街道上溜达，谁也不对他们多说一句啰唆话。多好的人啊！真是好极了！妈妈说，拿利沃夫比布罗德，那有天壤之别。我哥哥艾利亚深感遗憾地说，过了国境线，不该先到布罗德后到利沃夫，应该倒过来才好。可

[1] 利沃夫，现乌克兰主要文化中心之一，一战期间被俄国占领。——编者注

是皮尼亚给他解释说，利沃夫之所以比布罗德优越，正是因为它离国境线远，离美国近。

"'近'什么！"艾利亚回答说，"利沃夫在哪儿？美国在哪儿？"

皮尼亚说，要讲城市，艾利亚还得跟他学学，因为他皮尼亚学过地理学。

"你学过地理学，"艾利亚回答说，"那就请你告诉我，委员会在什么地方？"

"什么委员会呀？"

"侨民委员会呀！"

"还亏你说得出口！这关地理学什么事？"

"谁懂地理学，谁就该懂得所有的事儿！"

我哥哥艾利亚这样说。我们向所有的人打听委员会。可是谁也不知道它。真是个古怪的城市。

"他们知道，只是不愿意讲！"我嫂嫂布罗哈断定说。

她对什么都不欣赏。照她的意见，利沃夫也不是好地方。因为街道太宽敞。

"好过了头就是坏事儿！"我们的朋友皮尼亚的老婆泰依布尔对利沃夫却另有意见要讲。什么意见呢？她说，为什么有人吃到酸东西的时候要说：“这酸果儿能酸得你去见克拉科夫[1]和利沃夫！”或者是，有谁挨了耳光，人们总要说“他见到克拉科夫和利沃夫啦”？

[1] 克拉科夫，现波兰经济、文化中心之一，是欧洲对犹太人开放较早、开放度较大的城市。——编者注

一句话，跟这些娘儿们在一起是倒霉事儿。你没法使她们称心如意！

2

我们已经打听到委员会在什么地方了。这是座红屋顶的高房子。首先得在外面站一会儿，不是站一会儿，而是站的时间相当长。后来有人把门打开了。这才好顺着楼梯往上爬。等你爬到楼上，你就会碰到许多许多的人。其中大多数又都是像我们一样从俄罗斯来的人。人们管他们叫侨民。他们差不多都饿得又瘦又黄，手里还都抱着个吃奶的小娃娃。而那些不抱小娃娃的人也全都饿得又瘦又黄。委员会老是叫他们明天来，到了明天，又叫他们明天来。我妈妈已经认识了许多女人。各人有各人的悲哀。

“如果拿他们的灾难同我的比起来，”妈妈说，“那我真是有福之人了！”

他们当中有许多人是从暴行中逃出来的。他们讲的那些事儿可真叫人害怕！大家都想到美国去，可是都没有钱去。有许多人已经被送回去了。有些人给找了工作，有些人给送到了克拉科夫。据说，那儿有个真正的委员会。那么这里的是什么呢？他们自己也不清楚。叫他们明天来，他们就明天来。委员会到底在哪儿？喏，委员会就是他。可这是什么委员会呀？大家都稀里糊涂。进来的是一个高个儿的麻脸叔叔，长着一双笑眯眯的眼睛，挺和气。

这是委员会的委员之一。他是医生。

这位有着一双和气的、笑眯眯的眼睛的医生往椅子上一坐，侨民们就接连不断地走到他身边，指手画脚地问他什么。医生一面听一面说，他只有一个人，他没法帮助他们。他说，他们的委员会一共由三十几人组成，可是谁也不愿意到这儿来担负责任。他一个人又能干什么？

可是侨民们根本不管这一套。他们再也没法待在这里了。他们已经把全部家当都吃光了。他们说，要么发给他们到美国去的船票，要么就把他们送回去。医生翻来覆去地说，他只能送他们到克拉科夫。那儿有个委员会——也许能给他们帮点忙什么的。侨民们听了齐声说，这样推来推去，他们的日子可没法过下去。于是医生掏出钱包，摸给了他们一个铜子儿。侨民们看看铜子儿全都走开了。可是又来了另外一批人。他们说，他们站不动了。

“那你们要什么？”可怜的医生问。

“我们要饭吃！”侨民们说。

“这是拿给我的早餐，你们吃好了！”医生指着拿给他的咖啡和面包说。

他说得很认真，真的让出了给他吃的那一份。他一个人又能干什么？侨民们谢了他，补充说，他们来求他不是为自己，而是为孩子们。

“那就把孩子们带来好了！”医生说，说完又转身问我们，“你们要什么？”

3

这时候妈妈开口了。

她讲起来就要原原本本从头讲，她说她的丈夫是领唱人，他曾经久病在床。后来他去世了，丢下了她这寡妇和两个孤儿——一个大一点，一个还是小不点儿（这是指我呀）。她已经给大儿子成了亲，他本来是进了金库了……可是忽然金子跑掉了，只剩下空库了……老丈人破产了，儿子得应征入伍……

“妈，你扯到哪儿去了？”我哥哥艾利亚说，说着又要把事情重新讲一讲，不过讲法不一样，“入伍不入伍，那么，我们都得到美国去。也就是说，我，我妈妈，我老婆，我小兄弟（这指我）都得到美国去，还有这年轻人（他指着皮尼亚），那么，也得跟我们一起去。我们要越过国境。那么，我们就来到了国境线附近。可是我们没有护照。因为我们俩正合乎应征入伍的规定……”

“你算了。我来讲吧！”皮尼亚打断我哥哥说，他推开他，又要把事情重新讲一讲，讲法又有点不一样。

艾利亚是我哥哥不错，可是我得照实说，皮尼亚讲起话来要比他漂亮得多。第一，他没有我哥哥那么多的“那么”。第二，他俄语说得好极了。他知道许多俄语词儿，而且都是些非常漂亮的词儿。这些词儿有许多我听不懂，但听起来却挺漂亮。我们的朋友皮尼亚是这样开头的：

“我要让你们概括地了解一下全部情况，那你们就会有你们的见解了。我们到美国去并不是为了逃兵役，而是为了独立和文明，因为我们不仅在进步方面而且在空气方面都受到

了很大的限制，正如屠格涅夫[1]所说的那样……其次，自从出现了暴行、宪法等犹太问题以及巴克尔[2]在《英国文明史》里所谈的诸如此类的情况……”

唉，真可惜！漂亮词儿才刚刚露头。皮尼亚刚要滔滔不绝地往下讲……可是医生在半当中就打断了他，喝了口咖啡，笑嘻嘻地对他说：“请您告诉我。您要什么？”

这时候我哥哥艾利亚又开口了，他对皮尼亚说：“你不三不四地在说些什么呀？”

这句话可把皮尼亚气坏了，他踉踉跄跄地退到一旁，气呼呼地回答说：“你说得好吗？你去说吧！”

我哥哥艾利亚便走到桌子旁，又把我们的事情简单扼要地讲了讲。

4

“那么，我们来到了国境线上。到了以后，那么，得跟代理人商量。代理人，你也知道，都是些可怕的骗子手。他们把我们抢来抢去，还暗中捣鬼，刁难中伤……那么，就在这

[1] 屠格涅夫（1818~1883），十九世纪俄国作家。著有《父与子》等小说。
——译者注

[2] 巴克尔（1821~1861），英国著名实证主义史学家，主要著作有《英国文明史》。
——译者注

时候，来了个规矩、正直、虔诚、神圣的女人。她跟我们讲好了价钱，就要送我们，那么，东西后运，先送我们人。那么，她给了我们两个领路的乡下人，那么……”

“啊呀，怎么这么快呀！你们瞧，他倒说到领路人了……”

这时我嫂嫂布罗哈忍不住了，她推开我哥哥，又按照她自己的说法把这一切讲了个不厌其详。她说，这女人关照我们向着小山跑，从那儿向右转再向第二座小山跑。从第二座小山向左转，再一直走向一个小酒铺。小酒铺里只能进去一个人，在那儿可以碰到喝酒的乡下人。对乡下人只要说一声“哈依莫娃”，他们就会领着我们在树林里跑了……幸亏她有个昏倒的习惯……

“亲爱的太太们，你们知道我要跟你们说什么？”医生打断她说，“我现在也要昏倒了。请你们说得简单些，你们到底要什么？”

这时候又该我妈妈开口了，于是在她和医生之间展开了这样的对话：

妈妈：你要简单吗？我们的东西被偷了。

医生：什么东西呀？

妈妈：行李。两床羽毛褥，四个大枕头，还有两个大枕头，三个小枕头。

医生：就是这些吗？

妈妈：还有三条被子，两条旧的，一条新的。还有几件衣服，一块绸头巾……

医生：我不是问这个。我问有没有发生别的灾祸？

妈妈：你还要什么灾祸？

医生：我问你们还缺什么？

妈妈：缺行李呀。

医生：就这么点儿事吗？

妈妈：你还嫌少哟？

医生：你们有车票吗？有钱吗？

妈妈：这可不该抱怨啦。我们有船票，也有钱买车票。

医生：那你们还想要什么？谢天谢地。我都羡慕你们。我情愿跟你们换了做人。我不是开玩笑，我说得很认真。我这早餐，我这侨民们，我这委员会，你们都拿去好了，只要请你们给我船票和车票——那我今天就到美国去。我一个人对付这么多穷鬼，说句不中听的，我还有什么前途？

我们心里想：这医生真是个怪人！一句话，决不能再耽搁了。艾利亚说，浪费钱太可惜。最好还是到克拉科夫去。许多侨民都到克拉科夫去。我们不也是侨民吗？

“到过利沃夫，就该到克拉科夫！”皮尼亚说。

“是为了俗语说的‘克拉科夫和利沃夫’吗？”泰依布尔还特地问了一句。

对不起，再会吧！我们上克拉科夫去啦！

第十六章 跟侨民们在一起

1

如果你要到美国去，最好是跟侨民一起走。跟他们走好处多。到了一个城市，你用不着找旅馆。旅馆早就给你准备了。为了办理这些事，他们成立了专门的委员会。委员会就是要为你把一切事情都办妥。到克拉科夫的第一夜，我们被赶进了一个莫名其妙的住所，它不像牢房，又不像板棚。我们在那儿一直待到大天亮。早晨，委员会来了人，抄去了我们每个人的名字。妈妈真不想说出我们的名字，她害怕征兵这类事。要晓得什么事不会发生呀！可是侨民们个个笑话她：俄国人征兵关德国人什么事？后来我们被带进了一家大旅馆。这是一幢拥有大量床铺、无数侨民的大房子。我妈妈认为：这活像我们的收容所！可是我嫂嫂布罗哈却这样说："我们最好还是上别处去。"

我已经对你们说过，我们这些娘儿们什么也不喜欢。样样事儿她们都要挑差错。克拉科夫她们一到就不喜欢。不过话得说回来，我哥哥艾利亚也不喜欢。他说，克拉科夫还不如利沃夫。在利沃夫至少还有犹太人，克拉科夫连犹太人也没有。就算有犹太人，也是杂牌货——是一些半拉的波兰人：长的是卷胡子，一口的波兰话……这是我哥哥艾利亚这么说。可是皮尼亚不同意他的话。他说，这里要"文明"得多。我真想知道，我们的朋友皮尼亚开口闭口离不开的"文明"两个字，到底是什么意思？

2

我们在委员会给我们准备的旅馆里非常好。与其说非常好，还不如说痛快得不得了。在这里你随时都可以结识新侨民。大家一起坐下来吃饭，讲讲各种各样的事情。都是闻所未闻的奇谈！都是发生在暴行、应征入伍和过国境线时的怪事情。每个人都要讲讲自己的代理人，还要互相问一问："谁是你们的代理人——是红头发还是黑头发？"回答一定是：

“既非红头发也非黑头发，简直是小偷。”

我们呢，当然也讲了我们的古怪事：我们怎样越过国境线，怎样认识了一个女人，这女人怎样骗了我们的东西，她那伙人又怎样把我们带进树林，问我们有多少钞票，并且还拔出刀来要杀我们。幸亏我们家布罗哈来了个昏倒的模样，幸亏我妈妈一声喊叫震天响——于是才打起了枪，乡下佬才跑得不知去向，就在那时候我们已经越过国境到了别人家的地盘……大家都聚精会神地听着我们讲，一边摇头，一边还把嘴弄得吧嗒吧嗒响。一个有着一双怒气冲冲的眼睛、耳朵里塞着两团棉花的高个儿侨民问我们：“这女人是什么模样？是不是一个信教的伪君子，还有假头发戴在头上？”

这高个儿侨民听说我们说的那女人正是这模样，就跳起来冲着他老婆直嚷：“索娜！你听见了吗？就是那婆娘！”

“我的老天爷！但愿她和所有的代理人都死光！”索娜回答说，说完就讲起了这女人怎样骗了她，把他们从头到脚都抢光，还强行推销到美国去的船票，硬要他们买几张。

有个当裁缝的侨民，苍白的脸上长着一双黑眼睛，听到“船票”这两个字立刻跳起来抢着讲：“船票吗？请让我给你们讲个船票的故事吧。”

裁缝刚要开始讲，却被一个名叫托波林斯基的侨民打断了话。他说，他所知道的船票故事更有意思。他们镇上有个据说是专卖从利巴瓦到美国的船票的公司。他们死乞白赖地缠上了一个小伙子，骗了他六十几个卢布，给了他一张印着红色老鹰的花纸。小伙子赶到利巴瓦，准备上船时，出示了他那张印着红色老鹰的花纸。这怎么能行呢！根本不是那么回事！这早过了时！这不是船票，是张废纸！

3

关于船票的故事我已经听腻了。我喜欢的是侨民们。在车厢里我认识了一个小侨民。他的年纪和我一样大，名字叫作科勃尔。他嘴唇上有个大伤痕。有一次他爬扶梯，摔下来摔到了劈柴上。科勃尔赌咒发誓地说，他一点也不疼，只是血流得很惊人。他说，他不光把嘴唇摔破了，还被他父亲狠狠地打了一顿。那位有着一双怒气冲冲的眼睛、耳朵里塞着两团棉花的高个儿就是他父亲。那位名叫索娜的女人是他母亲。他说，他们家过去很有钱。还不是什么过去，是不久以前，暴行发生之前。我问他什么暴行？我老听见侨民们说“暴行，暴行”。可这到底是什么，我弄不清。

“你不知道暴行？”科勃尔大吃一惊，“哎呀！你真是乳臭小儿，什么也搞不清！暴行这玩意儿现在很流行。开头都是为了些小事情，可闹起来就能闹它个两三天也不停……”

“这是什么玩意儿？是集市吗？”

“集市？！这‘集市’可太好了！要打掉玻璃窗！要捣毁家具！要撕破枕头！羽毛飞起来就像雪花飘！”

“这是干什么？”

“干什么？真是天晓得！不光住家被捣毁，店铺更倒霉。货物都被扔到了大街上，踩的踩，摔的摔，抢的抢，然后倒上汽油，烧它个精光。”

“去你的！”

“你以为怎么样？你以为我说瞎话吗？到后来没什么可抢了，他们就拿着斧头、铁棍、木棒挨家挨户跑。警察紧跟在后头。他们又唱又喊又打呼哨：‘弟兄们！要狠狠地揍他们！’于是就打呀，砍呀，还用刺刀戳人！”

“这是对什么人？”

“什么‘什么人’？犹太人！”

“为什么？”

“什么‘为什么’？这才叫暴行哪！”

“暴行又怎么样？”

“你给我滚开吧！你这蠢货！我再不跟你多说了！”

科勃尔推开我，像大人那样把手往口袋里一放。

科勃尔在我面前装模作样，我气得很。不过我一句话也没讲。我心里想：你神气，你就等着瞧吧！你可休想从我这儿问出什么名堂！

过了几分钟我又走到科勃尔身旁，又跟他扯上了。扯的已经不是暴行，而是别的事情。我问他会不会讲德国话。科勃尔可笑开了：“还有谁不会讲德国话？德国话就是犹太话！”

“原来是这样？你知道犹太话，那就请你告诉我，‘洋姜’在德国话里怎么讲？”

科勃尔笑得更厉害了，笑得话也没法讲。

“什么叫‘洋姜’在德国话里怎么讲？‘洋姜’就是‘洋姜’呗！”

“可见你不知道！”

“怎么不知道？”

事有凑巧，偏偏我又忘记“洋姜”在德国话里怎么讲了。我知道的，却给忘了。我到艾利亚哥哥那儿问了问。可是他说，我再问这“洋姜”就要给我颜色看……看得出艾利亚在发火。每次他要从缝着的口袋里拿钱出来的时候也总要发火。我们的朋友皮尼亚笑话他，他们俩就会吵起来。我呢，就在包袱堆当中找了一小块窄地方躺下睡觉了。

4

在克拉科夫我们什么也没有得到。委员会我们没去请教。侨民们说，去也是白跑。他们说，去找委员会，那可就啰唆了。首先是记下你的年龄。然后叫你去看医生。接着是叫你等一等。再后来是叫你下次再来。等你下次去了，他们又会问："你来干什么？"

你回答说："因为叫我来，我才来的。"那他们就会劝你说："你干吗要到美国去？"你问他们："不到美国去又到哪儿去？"他们会回答说："是谁规定你一定得去美国的？"

你告诉他们因为发生了暴行。可是他们说："是你们自己不对。瞧，昨天在市集上就有个侨民的小孩偷人家的面包吃！"你说："大概是他饿急了吧？""昨天还有你们的一个侨民在街上同他老婆打架。结果只好喊来宪兵。""这可不是老婆不对。她知道丈夫要丢弃她偷偷地溜到美国去。正巧她在这儿碰到了他，就当场把他抓住了。男的要逃跑。女的便喊起来了……”他们还问：“你们这些侨民为什么大多数都穿得破破烂烂的？”你回答说：“他们已一无所有！要是给了他们衣服，他们就不会穿得破破烂烂的了。”

一句话，净讲大道理，就是不给钱。

侨民们都满口抱怨。他们认为我们真幸运，因为我们到现在为止还没有去求过委员会的施舍。妈妈说，要不是丢了行李，她现在也不会去找委员会。如果在过国境线的时候，她的东西不被人偷掉，她就该是“女王”了。我想起了妈妈的那块丝织的黄头巾，她裹上那头巾，的确有“女王”的神气。妈妈说，丢了行李最使她痛心，没有行李到美国去怎么行？

妈妈一阵难过后又开始哭哭啼啼。艾利亚哥哥听到以后就拉直嗓门对她说：“怎么，又哭啦？我看你是忘记我们离美国已经不远了，忘记一定得保护眼睛了！”

你以为我们真的离美国不远了吗？根本不是那么回事！还得走很多很多路。往哪儿走，我弄不清，我听侨民们说起过许多城市的名字：汉堡、维也纳、巴黎、伦敦、利物浦……提到汉堡时，大家都说最好今天就烧掉这城市。他们说，汉堡就是所多玛！那里的人要把侨民当作犯人赶进澡堂。哪儿也没见过像汉堡那里那样的恶流氓。

侨民们全都这样讲。我们呢，正准备到维也纳去。据说维也纳有个委员会，并且还是真正的！

管它委员会不委员会，我只知道一件事情：我们将要有维也纳之行。你有没有听人家说起过这个城市呢？请你稍微等一等，等我们到了维也纳，我就把那儿发生的事情全都讲给你听。

第十七章 维也纳——这才是城市哪！

1

维也纳——这才是城市啊！

我哥哥艾利亚一开口就这样讲，我们的朋友皮尼亚还做了补充：“这不光是城市！这是城市中最好的城市！”

连那些对世界上的一切都不满意的娘儿们，也都同意说，维也纳——这才是城市哪。为了这样的城市，妈妈拿出了安息日用的绸头巾。我嫂嫂布罗哈打扮得像是要去参加婚礼一样。她穿上了安息日穿的花衣裳，戴上了假头发和一对摇摇晃晃的长耳环，满脸通红，看上去就好像棕色的猫戴上了黑软帽。

棕色的猫戴上了黑软帽，你看见过吗？我看见过。

我们邻居彼西亚家的孩子们喜欢在猫身上耍花样。我已经告诉过你们，他们家的猫有个古怪的外号，叫“管事的老婆费加－列亚”。有一次，他们给猫戴上了一顶小圆帽。小圆帽当然得用带子扎好，扎好以后就让猫去奔跑。除此以外，似乎为了漂亮，还在猫尾巴上绑了一根鹅翅毛。帽子太大了，滑到了猫的眼睛上。鹅翅毛更使猫火冒三丈。于是这位“管事的老婆费加－列亚”就像疯子一样乱奔乱闯，往墙上撞，这可使邻居们遭了殃……

哈，这一来彼西亚家的孩子们可被揍狠了！被揍得最厉害的是肉瘤，也就是那个脑门上长着个疙瘩的格尔什。这肉瘤真是个怪孩子！不管你揍他多少次，他总是平安无事！也许我还能在美国见到他。我们得到消息说，我们的邻居彼西亚、她的丈夫订书匠摩西和他那一大家，也到美国去了。前不久，当我们要动身到美国去的时候，她哭哭啼啼直数落，可现在她自己也上那儿去了。眼下是人人都到美国去。我们的亲戚姚纳面包师写信来告诉了我们这些事。他自己也到美国去。他已经到达边境，不过不是我们穿越的那段边境。过我们那段边境不行。那里要被偷行李。别的边境上也要被偷行李，可是不像我们那样要在树林里遭人算计。侨民们说，有的边境上，有人要剥光你的衣裳，见到你的东西就抢，但是人他们不伤。我们遇上的那伙人也没有伤人，不过已经准备杀我们。我们差点儿吓丢了魂。幸亏响起了一阵枪声。我们过国境的事儿，我已经给你们讲过了。我们早就忘了它了。真不愿意记住这种事儿。尽管娘儿们现在还常常讲起它，可是我们的男子汉，也就是我哥哥艾利亚和我们的朋友皮尼亚，却不让她们讲。皮尼亚说，他要把这些事写出来登到报纸上。他已经动手把我们遇到的事写成了诗。我好像已经告诉过你们，皮尼亚是个大诗人。关于边境事件的诗是这样开头的：

拉吉维洛夫是个小城市，

没什么可以夸耀的事……

从这儿偷越国境妇孺皆知。

在这儿要剥得你不挂一丝……

你交出了一切，还得说："请你做做好事！"

侥幸才能免于一死！

分手时不给你两下子，

不打你耳刮子，

不请你吃刀子，

那算是好事……

皮尼亚说，这仅仅是开始。他说，下面的更有意思。他还说，布罗德、利沃夫和克拉科夫都被他写进了诗，而且是押韵的诗。皮尼亚在这方面真是个大师！他能把所有的事都

写成押韵诗。他甚至把他老婆也写成了诗。我背得出这首诗：

我有个媳妇儿，
名字叫作泰依布尔。
她长得像朵花儿，
是我的心肝宝贝儿。
世界上谁也比不上她！
倒霉的是，你不去提醒她，
她就不想回娘家……

这首诗你喜欢吗？写得很好，是吗？可是泰依布尔却把嘴唇噘得那么高（她有个习惯——好噘嘴唇），你要是看到了，那才有意思呢！我嫂嫂布罗哈总是护着她。她把皮尼亚叫作“刻薄鬼”，妈妈管他叫“粗坯”，她们最讨厌他写诗。我哥哥艾利亚却非常羡慕他会写诗。他说，诗在美国很时兴。他相信，在美国这种货会被抢购一空。他说，美国一定能使皮尼亚财运亨通。那里有很多杂志，很多报纸。皮尼亚说，他自己也相信，他会在美国走运。他说，他觉得他是为美国而生，美国是为他而建立。他巴不得马上就坐到船上，渡过海洋。

可是我们暂时还留在陆地上，还待在维也纳闲逛荡。

2

我们在维也纳干什么呢？没事情。在街上逛逛，看看街景。瞧，那房子！瞧，那窗子，简直是镜子！还有那么好的东西！那么好的玩具！那么好的衣服！那么好的器皿！那么好的装饰品！我们差不多在每个橱窗前都要停一停，样样东西都要评一评。我们男人们在评论，女人们却在谈心，她们希望能有这城市的房屋、商店和货物所值的一半钱就好了。皮尼亚笑笑说："能有十分之一也尽够了！"

"你就舍不得给她们一半吗？"我哥哥艾利亚摸摸胡子说。

我们出门以来，一路上他的胡子长得快极了，也长得怪极了，像扫帚一样。有一次我给他在纸上画了像。不久以前我也给皮尼亚在纸上画过像，至于我嫂嫂布罗哈，我就干脆用粉笔把她画在桌子上。这一来我可被揍得够呛！她，也就是布罗哈，看了我的画，一下子就认出是她，像是在镜子里看到一样。于是她喊来了我哥哥。他可把我打了个够！要不是妈妈来，他非打死我不可。他每次看见我画画就要打我。

可我从小就爱画。最初我用煤块在墙上画，为这挨过打；后来用粉笔在门上画，又打得我直叫唤；现在用铅笔在纸上画——还是要打，没得还价。

“你又画小人儿啦？”

不过为画画挨打还没有为捏面挨打那么可怕。我喜欢把面包捏成团，再用面团捏小猪。我哥哥看见我这样做，就打我的手指头。我们的朋友皮尼亚却来庇护我。他说：“你打他干什么？让他去捏，让他去画好了！也许他命里注定就该当个画家呢！”

我哥哥听他这样讲，立刻就唠唠叨叨说了一大套：“什么？当个画家？当个蹩脚画匠？去画教堂？去粉墙？去把油漆刷在屋顶上？两只手弄得又黑又脏，像满身煤焦油的马车夫那样？不，还是让他跟领唱人去学唱。上帝保佑。等我们一到美国，我就把他在领唱人那儿安排好。他的嗓子呱呱叫。”

“为什么不让他去做工？在美国，所有的人都在工厂里做工。在美国人人都做工！”皮尼亚说得很郑重。

就在这时候妈妈向他发动了进攻：“你混什么？去做工？我的死对头可休想看到领唱人佩西的儿子当手艺人去做工！”

看得出妈妈已经快要哭出来了。

皮尼亚却一个劲儿地辩白。

“你真是个怪人！”他说，“从《法典》里我们知道，拉比约翰兰是个鞋匠，拉比伊兹霍克是个铁匠。哎，又何必说得那么远呢？我叔叔就是钟表匠，我父亲也是个机器匠！”

皮尼亚以为他这样一说可以把事说好，可是事实上反而把事弄糟了。妈妈不停地哭：“我丈夫当了一辈子的领唱人，年纪轻轻的就去世了，难道他的小儿子还该去当裁缝，当鞋匠？况且还是在美国，上帝保佑，哪有这样的道理！”

“又来啦？又哭啦？你忘了上美国需要眼睛啦？”

我哥哥艾利亚这么一说，我妈妈就立刻不哭了。

3

不管在美国当什么，只要能到美国就成！真想快点儿到美国，再也等不及了！我已经决定，我到美国一定要学会三件事情：游泳、写字和抽烟。这些事我现在也都已经学会了，但还没有达到美国的水平。游泳嘛，我本来可以成个能手，可是没处可游。在我们的河里没法游。在我们那儿，如果往河里一趴，脚就要露在水面上。这也算是河？！在美国，据说，海都有。在那儿，你如果带上救生圈躺在水上，那就不知道会把你漂到什么地方！字我也会写，尽管谁也没有教过我。我照着祷告书抄写印刷体的字母。我写得叫人认也认不出。我是画出来的，不是写出来的。我想写得快一点，可是办不到。据说，在美国人们写字写得快极了。据说，在那儿样样事情都急急忙忙做得快极了。那儿的人都忙得不得了。一路上侨民们都这么说，虽然我没有到过美国，可是美国的事儿我差不多已经全知道了。据说，在那儿要在地底下乘车跑，还要“创造”生活。怎样创造生活，我不知道。不过我很快就会知道了。我的模仿能力强极了。一个人我只要看一眼，就能学他学得不差分毫。有一次我学我们的朋友皮尼亚，学他走路怎么蹦蹦跳跳，学他那近视眼看东西怎么瞧，学他说话怎么快得像拖面条……我嫂嫂布罗哈笑得前俯后仰，妈妈甚至笑得眼泪汪汪。可是我哥哥艾利亚却不喜欢我这样。他不让我出花样。我哥哥艾利亚真有副古怪心肠！他喜欢我，可又没命地打我。妈妈不让他打我。她说：“你将来也会有孩子，到那时候你去打他们好了！”

不过，只要有什么外人碰一碰我，艾利亚就非把他的眼珠子抠出来不可。不久以前，有个侨民的男孩儿给我“大老爷”当。你可知道这是什么花样？我现在就给你讲：先是用唾沫把大拇指弄脏，再狠狠地用它按在你的肋骨上，这一来就能叫你痛得喊亲娘。那个给我“大老爷”当的男孩儿，十一岁模样，脸蛋儿挺胖。他那两只手顶好全烂光！他要认识我，就走到我跟前问我叫什么。我说：“莫吐儿。”他回答说：“莫吐儿——毛孩儿，小鬼头，该挨揍……”我问他说的什么话。他说：“就是叫你大傻瓜，尽管我的名字也叫莫吐儿。你想当‘大老爷’吗？”“想啊。”“那你走近一点，我给你‘大老爷’当。”

我走到他身旁，他就给我“大老爷”当了。我一下子就摔倒在地上。妈妈看见了，喊得震天响。于是我哥哥艾利亚跑来狠狠地打了他一巴掌！

从此以后我和那个莫吐儿成了好朋友。除了“大老爷”，他还教会了我很多事情。譬如说，用肚子讲话。你会讲吗？教会你用肚子讲话可不简单。这要天生就会这样讲。要把嘴闭上，嘴边的肌肉不动就能叫得跟狗叫、猪叫一样，还要叫得大家都朝桌底下张望。这可把我们家人吓得直发慌。你也知道，我嫂嫂布罗哈常有昏倒的模样。大家都到桌底下、床底下去张望。我也弯腰去张望，一面找“狗”，一面还在叫汪汪。哎呀，真是滑稽戏一场！可是我哥哥艾利亚终于找到了

“狗”在什么地方，他狠狠地跟我算了一笔账。从此以后我就扔掉了用肚子讲话这个特长。

4

要不是因为“济总”，我们早就离开维也纳了。到底谁是“济总”，我弄不大懂。只是老听见人家说：“济总！济总！”所有的侨民都恨透了“济总”。他们说，“济总”不干任何事，又不把人当回事，还对犹太人恨得要死。我哥哥艾利亚和我们的朋友皮尼亚每天都要跑去找“济总”，回来时，活像打澡堂里出来，汗气直冲，满脸通红。

艾利亚说：“它最好是烧掉！”

皮尼亚说：“烧光了才好！”

妈妈说：“还是让我去找‘济总’请教请教！”说完拽住我就跑。

妈妈，我，艾利亚，皮尼亚，布罗哈，我们一起都去找“济总”了。我认为“济总”一定有胡子，肚子上一定束一根宽带子，并且还是红鼻子。为什么是红鼻子，这我自己也不知道。

啊呀，可把我们走苦了！我嫂嫂布罗哈希望“济总”最好右边腰里痛，要痛得跟她左边腰里痛相同，那他也许就不会跑得这么远，一直跑到这城边！

好不容易我们才找到了“济总”。他住的漂亮房子，可以说，与众不同！不过这房子没有院子。维也纳的房屋差不多都没有院子。维也纳的人们喜欢大门大窗子。可是这里的门闭得紧紧的，布罗哈说：“大概是怕人偷了他家什么？”她甚至对维也纳也心冷了！她不喜欢进屋以前按门铃，这对我可不算什么麻烦事情，只要能开门就行。可是“济总”开门开得不起劲。不管你按多少次，他根本不当一回事。你以为这里只有我们吗？除了我们，还有很多侨民。大家都要进“济总”的门。侨民们都看着我们按门铃。“请你们再按一会儿铃，也许因为你们走运，他们会来开门恭请！”他们说话的时候满脸笑容。看得出，他们很开心。

人来个不停。男女老幼已经聚集了一大群。我最喜欢人多。要不是小鬼头哭闹，妈妈们骂他们，不准他们吵，那么这里就太好了。谢天谢地，门总算打开了。大家一窝蜂似的向里拥，挤得乱哄哄。幸亏在门口出现了一个红脸的家伙，他刮了胡子，光着头。他把我们当作劈柴，一个一个地往外丢。有个抱小孩的女人被他狠狠地一搡，要不是我和我哥哥

艾利亚挡住了，恐怕她的牙齿就要没有啦。她已经这样栽倒三次了。

过了很多时候，我们才一个一个走进屋去。我的天啊，那个乱劲儿呀！大家都要抢先讲，一起都拥在桌子旁。桌子旁坐着的人都是光头光下巴，都在笑哈哈地抽雪茄。他们当中谁是“济总”，我不知道。妈妈也不知道。她说：“请你们告诉我，你们这儿谁是‘济总’？我遭到了损失，我所有的行李都在边境上被人偷掉了，我和孩子们也差点儿被杀掉……喏，他们就是可怜的孤儿，我丈夫死得太早了，他当了一辈子的领唱人……”

她还要往下讲，可是人家不让她讲。有个人拉住她的头巾，用手指了指门。

他嘴里说的不知道是什么。妈妈没达到目的，要她走开，她怎么也不肯。她问：“你为什么要跟我讲德国话？你得跟我讲我们的话，那我就可以向你诉诉苦处啦。请你告诉我，你们这儿谁是‘济总’？”

“婆婆呀！你听我的话，我们还是走吧！我们不靠‘济总’，不靠维也纳，靠上帝帮忙，也活过来了，往后大概也不会再糟了……上帝是绝不会出卖我们的……”

第十八章 安特卫普的怪事情

1

你可曾听说过有个城市名叫安特卫普吗？世界上的确有这样一个城市，我们现在要去的地方就是。为什么突然又要到安特卫普去呢？因为我们的亲戚、我哥哥艾利亚的老丈人姚纳面包师要经过安特卫普到美国去。我嫂嫂布罗哈听说她父亲在安特卫普，直急得团团转，要我们也上那儿去。从前，她连听都不要听说这城市。她不喜欢这名字。可现在，她竟把安特卫普爱得要死！我们的朋友皮尼亚说，他只好跟我们分手了。他要从维也纳直接去伦敦。他说，他太想去伦敦了。他说，伦敦已经有美国的味道——英国人，棕色的头发，方格子的裤子……那真是另一个世界啊！

“你要去找你那些方格子头发、棕色裤子的英国人，那你就自管自去找好了。我们可要经过安特卫普到美国去。”

这是我嫂嫂布罗哈说的。皮尼亚的老婆泰依布尔却把嘴噘得像火鸡一般。我已经对你说过，她一有什么事儿就爱噘嘴唇，并且还一个劲儿不吭气。皮尼亚问她为什么生气？她回答说，英国人她不欢喜。“你认识英国人吗？”皮尼亚说，“你又几时见过一个英国人呢？”

“那你又在哪儿见过一个英国人呢？”泰依布尔给他提了同样的问题。

最后决定，我们还是一起经过安特卫普到美国去。我是无所谓——哪怕经过地狱，只要能到美国就行。我和我们的朋友皮尼亚比谁都心急。我们觉得，我们在美国将会万事如意。皮尼亚老是埋怨我哥哥艾利亚：“走啊，走啊，可是走来走去还在老地方！”

“谁拖住你啦？”艾利亚回答说，“你走吧！你飞吧！”

“你妈妈要把世界上所有的委员会都找遍，那我又怎么个飞法呢？”

妈妈听了以后就冲着皮尼亚说：“你这么聪明，倒要请你说说看，没有行李我们怎么去美国呢？”

皮尼亚被问得无话可讲，于是他们不再抬杠。我们的朋友皮尼亚没法离开我们。娘儿们分开了也没法生存。尽管她们经常争吵，互相挖苦起来没完没了，有时眼看就要打架了，可是不一会儿她们又和好了。要不是妈妈，布罗哈和泰依布尔怎么也好不长。每天准会让头巾飞到天上……尤其是我嫂嫂布罗哈，她管自己叫“火柴棒儿”。你要是在倒霉的时候落到她手上，她一定会无事生非大闹一场。可是过不了一会儿，她又会软得像一摊膏药一样。她差不多从结婚头一天起就爱同我吵架。她知道我不喜欢她。可是最使她恼火的是，我要笑话她。她老觉得我在笑话她。只要我朝她看一下，她就以为我在笑话她了。

我已经告诉过你，我爱画画，为这常挨我哥哥打。不久以前，我画了一只脚——一只非常非常大的脚。我是用粉笔画在地上的。这可惹出事儿了！她，也就是布罗哈，纠缠不清，硬说我画了她的脚！为什么一定是她的脚呢？因为除了布罗哈谁也没有这样大的脚。她要十三号的胶鞋才穿得上！这双胶鞋呀，你要是见了准会吓得没话讲！她跑去向我哥哥艾利亚告状。我哥哥像往常一样，跑来大叫大嚷：“又画人啦？又干老行当啦？又涂小人儿啦？”

你们瞧！脚竟变成了人了！人又变成了“小人儿”了！这真叫人受不了！我应当承认，我画画的瘾越来越大了。我刚得到一支彩色铅笔。这是那个让我当“大老爷”、教我用肚子讲话的男孩儿送给我的。关于他的事儿我已经讲过了。他的名字也叫“莫吐儿”。我们管他叫“大莫吐儿”，人家就叫我“小莫吐儿”。我们俩可要好了！为了答谢他送我彩色铅笔，我在车厢里给他画了一张像，画得跟真人一样，脸蛋儿也挺胖。我要他答应我不给任何人欣赏，要不，我哥哥艾利亚知道了，准要打得我够呛。可是你知道他怎么样？他当时就拿了我的画，送到我哥哥鼻子底下去晃了晃。

“这又是莫吐儿的花样！他在哪儿？这个没出息的画匠！”

这是我哥哥艾利亚这么讲，他一面讲一面要找我算账。我呢，就跑到妈妈背后去躲藏，这可笑得我气都接不上。世界上再也找不到比妈妈背后更好的地方了。

2

谢天谢地，我们总算到安特卫普了。一路上颠颠簸簸，艰辛备尝，但终于到了这地方！这城市，我对你讲，可真漂亮！拿它比维也纳当然比不上。维也纳比它大多了，也漂亮多了，人也要多很多。可是安特卫普却非常干净、清爽！这可是怪事情一桩！这里要冲洗街道和人行道，还要给房屋洗澡。我亲眼看见有人在擦肥皂，洗得真地道。当然啦，并不是所有的地方都这样。譬如说，侨民旅馆附近就还是老样。也就是说又烟、又湿、又滑、又乱还又脏。这可太开心了！这可太好了！我最喜欢这样了。

我们的亲戚姚纳面包师还没有到。邻居彼西亚和她那大队人马也还没有到。他们还在路上哪，也不知道是在德国的什么地方耽搁住了。“德国就是所多玛！”侨民们都这样讲，他们还讲了许多可怕的事儿。我们丢失行李这种不幸，跟侨民们所讲的事儿比起来，那真是鸡毛蒜皮的小事情。

在旅馆里我们认识了一个从美什比什来的女人。她可不是寡妇。她有丈夫，她的丈夫已经去了美国。她现在就是要去找丈夫。她拖着两个孩子到处跑，已经跑了快一年了，差不多所有的城市都跑遍了，跟所有的委员会都打过交道，闹过了。好不容易她才来到这里，来到了安特卫普。她要上船到美国去，但是人家不让她去。你以为她的眼睛不好吗？根本不是这么回事！眼睛没毛病。只是神经有点儿不灵。一般来说，她也能把话说分明，可是有时候突然冒出来一句，就

能叫你笑得要命。譬如说，人家问她：“你丈夫在哪儿？”

“在美国呀。”

“他是干什么的呀？”

“他在那儿当皇帝呀……”

“一个犹太人怎么能当皇帝呢？”

她回答说，在美国当什么都可以……那你又能拿她怎么样呢？她还想出了一个花样：不吃东西！并且要我们也不吃东西。她叫我们无论如何不能碰奶制品，因为这里的奶制品都是禁食的肉制品。

“那么肉制品呢？”妈妈问。

“这里的肉制品不是肉制品，也不是奶制品……”

我们大家，除了妈妈，都笑得要命。笑不是妈的事情。哭她最起劲。

“你们笑得开心啊！”妈说，说着说着她就哭了起来。

“又哭啦？好久不哭了，是吗？你是要我们因为你的眼睛被送回去吗？”

我哥哥艾利亚这么一说，妈妈就立刻不流眼泪了。

妈妈对那两个不幸的孩子比对那女人还心疼。我不知道，妈为什么要为他们哭？两个孩子似乎很快活！只要他们的妈妈一说傻话，他们就笑开了。

我已经跟他们混熟了。他们告诉我说，人家要把他们送回家去，可是他们的妈妈不肯。

她要到美国找他们的父亲——那位皇帝去（嘻——嘻——嘻——），他们说，人家骗她要用火车送她到美国去（嘻——嘻——嘻——），还对她说，火车可以从这儿直通美国（嘻——嘻——嘻——）……

3

在这安特卫普还有什么怪事情没有见过呢——真是难以说尽！天天都有人到这儿来。大多数人的眼睛有毛病，这叫作“沙眼”。有沙眼的人美国不让进。我们这儿也许有成千上万种病，你可以是瘸子、哑巴，就是有沙眼不行。沙眼是怎么得的呢？是传染来的。有时候你自己也不知道是怎么传染来的。在安特卫普，大家都这样讲得起劲。

我是从一个小姑娘那里听来的。她叫高黛莱。她跟我一样大，也许要比我大两岁。她出过一件很有趣的事情，你要不要听听？我跟她是在“援助会”里认识的。应该给你解释一下：安特卫普的“援助会”就等于维也纳的“济总”，也是为我们侨民设立的，只不过“济总”是简称，“援助会”是全名。这样一来你就可以明白，它们之间有什么不同了……我们一到安特卫普就立刻去找“援助会”。“援助会”不像“济总”，“济总”要把人当劈柴往外丢，“援助会”却是谁也不赶走。你爱什么时候去就什么时候去，你要诉衷肠也可以让你尽情讲。你所讲的话，都要记在一本本子上。那儿坐着个名叫查契克的女郎，就是她把话记在本子上。她真是个了不起的好姑娘。她问我叫什么名字，还给我糖果吃。关于查契克小姐的事我要下次讲。现在我先给你介绍一下高黛莱这小姑娘。

她从库特诺来。她是去年跟她父母和兄弟姊妹一起来的。那正是秋天过节的时候。她说，他们过节过得挺快活。也就是说，什么特别的事儿也没有，和所有的侨民一样，挤在一起发愁。不过他们有全家到美国去的集体船票，穿得也相当好：每人有衬衣两套，鞋子呱呱叫。可是现在，她只剩下一件衬衣，鞋子也没有了。要是没有查契克小姐，她就只好赤脚走路了。高黛莱说，查契克小姐送给了她一双她自己穿的还很好的鞋子。高黛莱把这双鞋给我看了看，鞋还一点没有坏，只是大得厉害……

节日过去了，该是上船的时候了。有人要他们到医生那儿去检查一下。他们去了。医生检查以后认为大家身体健康，都可以去美国。只有她高黛莱去不了，因为她得沙眼了……起先他们甚至不知道这是怎么回事，后来才把事情弄清楚。这就是说，大家都上美国去，她高黛莱只能留在这安特卫普。于是她又哭又吵，闹得不可开交……她妈妈一连昏倒了三次……爸爸呢，要留在这儿也办不到，因为船票要作废了……最后只好决定，他们上美国去，她高黛莱留下来，一直要留到她把眼睛治好……可是到现在，她治眼睛已经治了一年多了，还是没治好。查契克小姐说，这是因为高黛莱老是哭闹。但是高黛莱相信，她的眼睛治不好，原因要另找。是蓝石头不好！她每次去看医生，医生总是用一块给所有病人用的蓝石头给她磨眼睛。要是她高黛莱能够自己买一块蓝石头，那她的眼睛早就可以治好了。

“你的父母亲呢？”我问。

“他们在美国。在创造生活。我经常收到他们的信。差不多每个月都有一封信。你瞧，你会念吗？念给我听听。”

她从怀里掏出一大沓信，要我念给她听。我当然愿意念给她听，可是我不会念手写的信。印刷体的字我念起来还行。她笑笑说，男孩儿不是小姑娘，男孩儿应该样样都行！也许她说得对！我是希望手写的字也会念！咳，我真羡慕大莫吐儿，他不光会念还会写（我已经给你讲过他的事情）！高黛莱叫他念她的那些信。大莫吐儿念起来一点也不打停，信上讲的差不多都是同样一些话，同样一些事情：“亲爱的高黛莱，讨人喜欢的高黛莱，祝你健康愉快！只要我们在美国一想起我们的亲骨肉被人家抢走，你一个人人生地不熟地流落异地，我们的生活就变得毫无生气！我们日日夜夜为我们被抢走了的掌上明珠伤心哭泣……”以及一切的一切。

大莫吐儿念得起劲，高黛莱却在哭哭啼啼擦眼睛。这被查契克小姐看见了，她气我们惹得高黛莱这样伤心，她还说，高黛莱对自己也太不关心。她总要哭瞎自己的眼睛！高黛莱回答她的却是一脸笑容，不过眼泪还在流个不停。

“是医生用蓝石头害了我的眼睛，我哭不要紧……”

我们要跟高黛莱分手了，我答应她明天这个时候我们再见面。

“那得听上帝的便！”高黛莱回答说，说时像老太婆那样，一脸恭顺的神情。后来我和大莫吐儿两个人就去逛安特卫普城了。

4

并不是只有我这个小莫吐儿和我的朋友大莫吐儿两个人。我们还有别的朋友哪。他是一个十二三岁的男孩儿，名字叫作孟德尔。他也是在去美国的路上流落在安特卫普的。他不是因为眼睛，而是由于别的原因——他在德国的一个什么地方跟家里人走失了。孟德尔说，一路上他们净吃咸鲱鱼，吃得他口干胃热火烧心。于是他就在一个车站上，跳下车来喝水了，哪知火车没赶上，他身上呢，没有票，没有钱，还没有衣裳。因为他不懂人家的话，他就干脆装哑巴。他被人带着到处跑，最后他才看到了一批犹太侨民，他给他们讲了全部事情，人家可怜他，就把他带到了安特卫普。他一到这儿就去找"援助会"。"援助会"便给美国写了一封信——也许能找到他的父母亲。现在他正在等船票和回信。他用不着全票，半票就够了，因为他还小。其实他已经不小了——他是假装小。看上去他足足有十三岁了，尽管他还没有戴经匣[1]做祷告。他没有经匣啊！侨民们听说孟德尔已经十三岁了，但经匣还没有着落，都吵得不得了："干吗不给他买对经匣啊？"孟德尔回答说："你们干吗不给我买双鞋子

[1] 经匣，装有《圣经》摘录的羊皮纸小匣子。犹太人从十三岁起，祷告时放一匣于头上，系一匣于左腕。——译者注

啊？”

这时候，一个目露凶光的侨民喊起来了：“咳，你这个小混蛋！为你操的心还少吗？你还想要无赖吗？”

这位目露凶光的侨民起劲得很，一定要大家凑钱给孟德尔买了经匣才安心。

在安特卫普你要什么都有。你以为这里没有犹太教堂吗？咳，教堂多着哩！其中还有个土耳其的。你以为是土耳其人在那里做祷告吗？根本不对！在那里做祷告的也是像我们一样的犹太人，不过讲的是土耳其语，也就是说颠三倒四，一句话也搞不清！带我们上那儿去的是我们的新朋友孟德尔。我们三个人，我小莫吐儿、大莫吐儿和孟德尔，已经成了好朋友了。我们一天到晚在城里跑。无论是在布罗德、克拉科夫和利沃夫，还是在维也纳，妈妈总是怕我离开她。在这儿她可不怕了。她说，在那些地方都是些该死的德国佬，在这儿，在安特卫普，我们可是跟自己人在一起了。在这儿连犹太话也能听到。她指的是这儿有侨民。

侨民万岁！我觉得我跟他们在一起就像在家里。尤其是跟同乡人在一起！我们的客人就要到齐。姚纳面包师一家人下礼拜来这里。我们的邻居彼西亚和她那大队人马，到达的日期就在这一两天里。到那时候一定会快活无比！有机会我会把一切给你们讲个详细。

魔法象故事森林·少年游

《蜻蜓池塘》ME001

〔英〕伊娃·伊博森／著　陈红杰／译　张小妹／绘
定价：34.80 元　　出版：2016 年 1 月

成长并不意味着放弃个性。忠于内心，才能到达远方。
英国文学巨匠、卡内基文学奖提名奖得主伊娃·伊博森作品。
本书入选 2016 年 3 月新浪“微博童书榜”（7~14 岁年龄组 TOP3）

《手中都是星星》ME002

〔德〕拉菲克·沙米／著　王洁／译　么么鹿／绘
定价：29.80 元　　出版：2016 年 1 月

献给每一个紧握梦想的孩子。
已被翻译为 18 种语言，在多个国家广为流传，2012 年维也纳市民共读图书。
入选 2016 年 3 月百道网“中国好书榜”（少儿类）

《谢谢你，山谷！》ME003

〔美〕尼基·洛夫廷／著　朱菲／译　马岱姝／绘
定价：29.80 元　　出版：2016 年 1 月

致所有渴望被倾听的男孩女孩。
美国畅销儿童小说作家力作，倾听孩子内心，感受自然之力。

《无人知晓的心愿》ME004

〔美〕弗朗西丝·奥罗克·多维尔／著　邸笑飞／译　么么鹿／绘
定价：29.80 元　　出版：2016 年 1 月

送给成长路上点亮我们生命的朋友。
美国埃德加·爱伦·坡最佳童书奖作者力作，为孩子演绎的友情之歌。

《秘密学校》ME041

〔美〕艾维／著　陈宇飞／译　么么鹿／绘

定价：26.80 元　　出版：2016 年 5 月

做自己命运的主宰者。

美国纽伯瑞儿童文学奖得主艾维力作，“秘密”背后是孩子勇敢的尝试。

《莫吐儿传奇》ME042

〔俄〕肖洛姆－阿莱汉姆／著　姚以恩／译　陈伟　杨静／绘

定价：26.80 元　　出版：2016 年 5 月

于困苦中生出勇气，于荒芜中开出花朵。

世界著名作家肖洛姆－阿莱汉姆逝世 100 周年纪念版，孩童的烂漫洋溢在朴素的故事中，使这部犹太平民之书格外天真可爱。

《驴子的回忆》ME043

〔法〕塞居尔夫人／著　马爱农／译　子炎／绘

定价：26.80 元　　出版：2016 年 5 月

如果一头驴子能得到温柔的对待，它是绝不会凶的。

法国著名儿童文学作家塞居尔夫人的经典作品，一部有趣而发人深省的驴子回忆录。

《月光下的冒险》ME044

〔英〕玛丽昂·圣约翰·韦伯／著　孙昱／译　李志宇／绘

定价：26.80 元　　出版：2016 年 5 月

相信童话，开启不可思议的奇幻之旅。

英国著名儿童文学作家玛丽昂的经典作品，一部儿童文学界的“世界名著”。